KB118435

연인들은 부지런히 서로를 잊으리라
박서영 시집

문학동네시인선 118 박서영

연인들은 부지런히 서로를 잊으리라

일러두기

* 이 책은 박서영 시인의 유고 시집이다. 시인이 출판사로 최종 원고를 보내온 날은 2017년 10월 18일이었다.

시인의 말

죽음만이 찬란하다는 말은 수긍하지 않는다.
다만, 타인들에겐 담담한 비극이
무엇보다 비극적으로 내게 헤엄쳐왔을 때
죽음을 정교하게 들여다보는 장의사의 심정을
이해한 적 있다.

나는 사랑했고 기꺼이 죽음으로
밤물결들이 써내려갈 이야기를 남겼다.

2017년 10월 18일
박서영

차례

3부 다 알고 있으면서 아무것도 모른다는 문
장을 쓰고 있어요

1부

다 옛날 일이잖아요

미행

버스 정류소에 앉아 목련꽃 떨어지는 거 본다
정확한 노선을 따라가는 세월 보려고

정류소를 향해 가는 당신의 뒤를 미행한 적 있다
당신은 다리 위에 멈춰 갑자기 뒤를 돌아보며
자신의 검은 입안을 보여주었다
무슨 말이든 해보라고 가던 걸음 딱 멈추고
뜨거운 입천장을 보여주는 슬픔

어쩌다 목련꽃 피는 밤에 우린 마주쳤을까
피려고 여기까지 온 목련은 지고
버스는 덜렁덜렁 떨어진 목련 꽃송이 태우고 간다
나는 하나 둘 셋 세월을 세다가 그만둔다
넷 다섯 여섯 방향을 세다가 그만둔다

가장자리가 누렇게 변색된 목련 꽃송이들이
툴툴거리며 버스를 타고 어딘가 가고 있다
일곱 여덟 나는 떠나는 이들의 뒤통수를 세다가 그만둔다
자꾸 흔들리고 자꾸 일렁거리는 것들은
자신들이 지독히 슬픈 세계라는 걸 알고 있을까

내 손을 뿌리치며 가는 당신을 따라간 적 있다
당신은 도망가다가 갑자기 길 위의 늙은 구두 수선공 앞

에서
　밑창 떨어진 구두를 벗어 수선을 맡겼다
　가던 걸음 딱 멈추고 뜨거운 맨살을 보여주던 구두
　나는 당신 곁에 서서 행방이 묘연해진 기억들을 떠올렸다
　사라지고 싶은 표정으로 아직 사라지지 않은
　사랑이 수선되고 있다

　여기저기 꿰매고 기워져서 행복도 불행도 아닌
　이상한 이야기들이 헝겊인형처럼 되살아나고 있다
　입김으로 체온을 불어넣고 얼룩과 무늬를 그려넣고
　음과 양의 감정까지

　통증을 알아버린 인형이 목련나무 아래 버려져 있다
　당신을 생각하면 힘들고 슬퍼요, 나무 뒤에 숨은
　복화술사의 목소리가 휘파람 같다

　정확한 버스 노선을 따라가는 당신 뒤에서
　이해할 수 없는 꽃송이들, 눈송이들, 흰 주먹들이 떨어
진다
　어떻게 녹아내려야 하고 멈춰야 하고
　사라져야 하는가

　어떻게 이별하고 잊어야 하고 퇴장해야 하는지

— 계속 물었는데 아무도 대답이 없다

—

소금 창고

이 창고에 매화꽃 핀 이유가 있어요
매일매일 온도가 높은 불을 켜놓았었는데
불은 한 번도 꺼진 적 없고
눈물은 달고 짠 핏물의 운명 곁으로 흘러갔으니
오래된 꽃무늬 은장도의 날을 빛나게 하는 건
얼어붙은 눈물이 분명하지요
나는 아직 발굴되지 않은 유적지를 알고 있어요
창고 안에 소금꽃일까, 매화꽃일까
차갑게 끓어오르는 것에는 꽃이 펴요
봄은 칼집을 열 듯 오고 심장에 맺힌 걸 보여줘요
당신이 날씨의 영향으로 나를 껴안고
강렬한 슬픔을 입김으로 불어넣어준 날에
빛나는 은장도를 갖게 되었지요
결국 내가 나를 찌르고
피 묻은 은장도를 숨겨야 했던 곳
흰 시간 속에는 아무도 모르게 배달된
휘파람새 한 마리도 파묻혀 있어요
나는 그곳에서 매일 훌쩍훌쩍 울면서
울음의 성지(聖地)를 지키고 있어요
소금무덤 말이에요 매화꽃 말이에요 휘파람새도
자신의 노래비를 증오하고 있어요
하지만 이해해요, 다 옛날 일이잖아요

입김

하얗게 귀가 얼어서
기다림은 늘 기다리는 일밖에 할 줄 모르고
나는 기다림 곁에서 어른이 된 것 같은
착각에 빠졌다, 봄이어서
목련은 하얀 총구를 겨누지만
내게는 그것도 따스한 화구(火口)여서
그 곁에 쭈그리고 앉아 살고 싶었다
문득
아, 귀는 먼 곳에 가서 돌아오지 않는구나
녹아내린 귀는 녹아버려서 울음이 되었다
꽃 피는 소리로 위로를 받았다가
꽃숭어리 떨어지는 고통이 귓가에 맺힌다
불타는 귀를 잘라
죄책감을 넣어둔 상자의 손잡이로 만들어야지
열기에 휩싸인 마음은 귀로 열고 귀로 닫아야 해
소리를 내면 안 되지
울음은 사랑을 분해해버리니까
자꾸 울어서 모두 떠나는 거니까
여자야, 홀수와 짝수처럼
눈물을 셀 수 있을 만큼만 사랑하렴,
목련나무 곁 돌멩이 밑에
달팽이와 지렁이와 뱀이 살고 있다
그들은 소리 죽여 우는 걸 알아

돌 위에 떨어져 있는 목련 꽃숭어리 셋
핏줄이 다 튀어나온 돌멩이의 붉은 귀에
입김을 불어넣고 있는
나비 한 마리
입김이 만든 무늬를 손가락으로 문지르면
잘게 조각난 선물들이 쏟아지지
기다리는 사람들은 그 산산조각이
기억이라는 걸 알아

홀수의 방

잊겠다는 말 너머는 환하다. 그 말은 화물열차를 타고 왔고 꽃나무도 한 그루 따라왔다. 꿈이었나봐. 흩어지는 기억들. 슬픈 단어들은 흩어진 방을 가진다. 너는. 나를. 그녀를. 누군가를. 사랑은 없고 사랑의 소재만 남은 방에서 너는 긴 팔을 뻗어 현관문에 걸린 전단지를 만진다. 잊겠다는 말은 벼랑 끝에 매달린 손. 이미 그곳에 있었지만 도대체 그곳은 어디인가. 떠나면서 허공에 던져놓은 너의 단어들. 흩어져 있는 너의 단어들이 흰 배를 드러내놓고 날아가는 걸 본다.

서로에게 익숙해지기 시작할 때 우리는 등을 돌렸다. 이제 내 몸에서 돋아나는 그림자를 이해하기 위해 계절의 밤을 다 소비해야 한다. 우리의 그림자는 한패가 아니다. 그림자는 암호처럼 커진다. 씻어도 투명해지지 않는다. 젖어서 흐물흐물 찢어지면 내부를 들여다볼 텐데. 이젠 버려야 하나. 어차피 한패도 아닌데. 우리는 오로지 나였을 한 사람과, 너였을 한 사람이 되기 위해 붙어 있다. 인정하자. 그러지 않으면 사랑에 빠져 완벽하게 사라질 수 있으니. 가로등 불빛 아래 쭈그리고 앉아 그림자의 윤곽을 돌멩이로 그려준다. 내가 떠나도 바닥에 남을 뭔가를. 기억은 순간순간 그림자들의 방을 뺏는 놀이 같아.

그 와중에 잊고 싶다는 말이 개미처럼 우왕좌왕한다. 그 와중에 미안과 무안(無顏)은 깊은 방을 만들고 있다. 나는 방을 잃고 현관문에 덜렁덜렁 매달려 있는 너의 손목을 붙잡고 있다. 오로지 너였을 한 사람을 발굴하듯이. 그래서 발

굴된 영혼이 다른 영혼을 찌를 듯이 기억하고 있는 시간 속
에서. 연인들은 부지런히 서로를 잊으리라.

숲속의 집

잠결에 물소리가 들렸다. 셋이었다. 아침에 한 사람은 내가 숨도 쉬지 않고 자더라고 했고, 또 한 사람은 내가 헛소리를 하더라고 했다. 꿈을 꾸었는데 낯선 사내가 우리가 자는 방문 앞에 서 있기에 경찰을 불렀더랬다. 기억이 선명해서 멍자국처럼 사내의 얼굴이 지워지지 않았다. 몸에 멍이 생긴다는 것은 예전에 없던 흠을 갖는다는 것이다. 흠은 어둡고 입속처럼 많은 것들을 빨아들였다.

집에 돌아와 죽은 듯 잠을 잤다. 다음날 아침 나는 혀로 달을 만질 수 있는 비상한 능력을 갖게 되었다. 달은 선선하고 촉촉했으며 자꾸 커졌다. 사랑의 협약 따위에서 알게 된 건, 시간이든 마음이든 커지면 아프게 된다는 것이다. 달이 점점 커지자 밥을 삼키는 것도 힘들어졌다. 내 혀는 달의 뒷면을 핥아보려고 이리저리 움직였지만 닿을 듯, 닿지 못했다. 뒷면은 뱃속의 태아처럼 신비하고 고요한 것, 영원히 꺼내지 않고 둔다면 평화는 지속된다.

시간이든 마음이든 멍이든 달이든 태아든 커지면 밖을 그리워하게 된다. 낙하를 꿈꾸고 고통을 껴안는 일. 산산조각 나서 슬픔을 장악하는 일. 평화를 뚫고 밖으로 나온 것들은 다 그랬다. 그날 물을 찢고 나온 소리들이 숲속의 산막 한 채를 공중부양한 채 밤새 울었다. 이것이 내 혀가 달을 만질 수 있게 된 단서이다. 나는 꿈을 꾸면서 어딘가 먼 곳을 다

녀왔다. 나는 너와 함께 최대한 멀리 가보았다. 가장 가까운
사람과 가장 먼 곳으로 가보아야 심장이 산산조각나는 소리
를 들을 수 있다.

하얀 흑인 소녀

소년이 내 손을 잡고 어디론가 갔다
좋아한다고 말했다
사방 천지에 아름다운 목소리가 번졌다
숲으로 가서 내 손목을 잘라 상자에 넣었다
내 손목을 팔아 돈을 마련해야 함께 살 수 있다고 했다
너의 하얀 몸은 행운의 부적이야
검은 소년이 키스하며 말했다
나는 대답 대신 칠흑의 몸에서 흐르는
향긋한 사과즙을 마셨다

이젠 안 먹어도 배불러, 네가 손목을 주었으니까
소년은 나의 손을 잡고 이를 드러내고 웃었다
유독 하얀 이였다
그곳에서 아름다운 소곤거림이 쏟아졌다
소곤거림은 다정한 시간에 번지는 무늬 같았고

마을로 돌아온 소년은 내 손목을 팔아
이웃집 소녀를 찾아갔다 가난한 검은 소녀였다
잔뜩 멋을 내고 길에 핀 꽃을 한 묶음 꺾어 들고서
얼마나 좋은지 넘어질 듯 뛰어갔다
나는 훔쳐봤다 두 사람이 마주보고 웃는 것을

그리운 건 잃어버린 손목 한쪽이 아니라

내 손을 가져가버린 소년의 심장
사라진 손으로 일기를 쓰고 편지를 쓴다
달에게 태양에게 별에게 그리고
서로에게 흘러드는 검은색과 검은색, 흰색과 흰색에게
달은 빛을 흘려 쓴다
땅속 깊이 묻어둔 그날의 목소리, 그날의 포옹
다시 손목이 자라는 환상에 시달린다
하얀 엄마와 하얀 오빠가 파묻힌 구덩이를 판다
먼 숲에서는 행운이 쏟아지고 있다는 소식이 왔고,

의자

형겊 인형을 주워왔다
의자에 앉힌다
나는 1인분의 식사를 준비한다
인형이 사라지면, 사라지면

사라진다는 것은 그다지 멀리 가는 게 아니다

인형이 의자에서 떨어져
내 눈에 보이지 않으면 그건 사라진 것이다
인형은 절벽을 경험하겠지

나는 꽃병에 꽃을 부추꽃과 코스모스를 꺾으러 나간다
인형의 입장에서 보면 나는 사라진 것이다
인형은 이별의 절벽을 경험하겠지

사라진다는 것은 문을 열고 나가
문 뒤에 영원히 기대 있는 것일지도 모른다
그다지 멀리 가지도 못하면서
너무 멀리 가버린 것들의 차가워진 심장

내가 꽃을 들고 올 때까지 인형은 의자에 앉아 있다

자신이 쓰레기통에 버려진 적이 있다는 것을

그 바로 옆이 꽃밭이었다는 것을 기억하는 헝겊 인형이 —
의자에 앉아 미소 짓고 있다

방문

이것은 누군가의 최후의 모습일 수 있다
대개가 불행하지만 행복하다고 생각하는 것처럼
대개가 행복하지만 불행하다고 생각하는 것처럼
문에는 표정을 감춘 표정들이 달라붙어 있다

문을 열 때마다 어, 하는 표정들
문을 닫을 때마다 아, 하는 표정들
표정들이 왜 이래?
타인은 내 방문을 열고 나를 방문하면서
허공에 흩뿌려진 슬픔을 눈치채기도 한다

문을 열고 닫을 때마다 방은 왜 그리 움찔하는 걸까
매일매일 열고 닫는다
외로움을 조금 내다버리듯이,
하지만 내가 숨겨놓은 것조차 나는 찾지 못한다
어제 먹은 슬픔 따위는 잊어버려
오늘 뭘 먹을지, 아직 먹지 않은 것에 대해 생각해

세계의 문을 열고 닫는다
방문은 누군가의 최후의 표정일 수 있다
안으로든, 밖으로든 방문을 열고 방문하는 자들
오늘 나를 찾아온 당신의 마지막 표정을 본다

문을 열고 닫을 때마다 떨어지고 다시 달라붙는 표정들
손잡이는 아무도 아무것도 잃지 않은 표정으로
생애 첫 마음을 열 듯 긴장한 채 울음을 참고 있다

방, 물속에 가라앉은

떠나려나봐요
나는 아직 침대에 누워 있는데
물고기들은 방안을 가득 채우고

벽에도 허공에도 바닥에도

당신은 벌써 셔츠 속으로 한쪽 팔을 집어넣고 있군요

방은 온통 파랗고 우리는 심해어처럼 긴 잠을 잤어요

먼저 떠나서 어디에 도착하려는 건지
하지만 난 아직 눈을 감고 있기에
시간의 모함에 넘어가지 않는답니다

방을 바닷물 속에 밀어넣은 건 우리 두 사람이 한 짓이에요
어딘가에 닿은 거지요

별도 달도 희미한 누군가의 얼굴에 어쩌면 닿아서

거울처럼 방을 내려다보고 있는 관찰자나 방관자들

그 많던 물결들은 어디로 사라진 걸까요?
파랗게 칠해진 방에는 죽은 물고기들

떠나려나봐요
당신은 벌써 물의 지붕 밖으로 한쪽 손을 내놓고 있군요

홀수를 사랑한 시간

두 귀를 덮을 털신이 필요하다고 생각한 건
당신이 떠나고 난 뒤였지

여름날의 아름다운 이야기들이 밖으로 나가거나
그 이후의 추운 이야기들이 다시 들어오거나
아무튼 두 귀를 막아야
영혼이 미쳐도 제대로 미칠 것 같아서

어느 날에는 눈보라로 짠 복면을 쓰고
어느 날에는 눈물로 짠 허물을 걸치고
반짝이는 햇살과 흩날리는 꽃잎을 세어보기도 했지만

얼마나 열심히 잊었는지 풀들이 새파랗게 질려서 돋아
난 곳
아 참, 그곳은 당신 집 앞 공원이었지

짝을 맞춰보는 것만큼 서러운 일이 없다는 걸
혼자 식당에 앉아 나무젓가락을 찢으며 깨달았지만

모르는 사내의 어깨 너머로 추억이 보일 때
너머의 너머를 사랑하다가 체념하고 돌아서는 게 달빛인가
구름인가 자욱한 눈보라인가

내 운명을 덮어주고 싶어요, 목소리의 주인은

내가 분명한데 아닌 것 같아

아닌 것 같은 한 사람이 쪼그리고 앉아 지우고 있는 시
간들

잉여들

물가에 구석기 시대부터 앉아 있었다
당신은 나를 알아보지 못했다
나는 작은 돌멩이였다가
한 마리 새였다가 나비였다가
고양이인 적도 있었으니까

흩어지는 것에 대해 생각하다가
다시 모양을 바꾸는 일에 대해 고민했다
나는 왜 당신이 다가올 때 하필
향기를 가진 꽃나무로 변해버렸을까
당신은 그리움을 불어넣고
하얗게 머리가 센 미소를 내게 남겼다

내가 사는 곳에서는 다음 시대가 오지 않아
오, 나는 여전히 구석기의 물가에 앉아 있다
한 마리 돌멩이였다가 나비였다가
고양이처럼 매일 발생하는 이야기를 살짝 밟고 있다
그런데 도대체 여기는 어디인가?
남반구인가, 북반구인가, 적도인가

하늘을 합판처럼 걷어내면
우르르 한 세계가 쏟아질 것 같다
하늘은 세계와 세계의 칸막이 같은 것

나는 도대체 어디에 쭈그리고 앉아
찬란한 이야기의 막장을 긁어대고 있는 건가
이야기를 짓는 것은 남겨진 자의 몫,
호기심으로 날아온 새들 따위에게
심장에 사는 신(神)을 보여줄 순 없지

사랑의 도구가 사랑을 깨뜨려버린다
변화시킨다, 나는 꽃으로 피었다가
작은 돌멩이로 오므렸다, 발끝에 대해서는
무엇이든 쓸 수 있는 밤이 왔다
남은 이야기를 쓰는 것은 남겨진 자의 몫
나는 물가에 남겨졌다
허공에 기록된 이야기를 쓰기 위해
물의 표정은 최대한 투명해진다

파도 속으로

미용실에서 가슴께까지 길었던 머리카락
삭발하고 나온 젊은 여자 앞에

길고 흰 머리카락 한 올 물결처럼 밀려왔다
시간의 물살 같다
여자의 흰 머리칼은 언제 탄생할 것 같습니까?

수초를 걷어낸 연못처럼 가벼워진 머리
새들은 숲이 없는 곳에서 슬픔을 날아본다
검은색에서 흰색으로 건너간 여자가
이제 다시 시작해요!

지금부터예요
여자는 깜빡이는 신호등 앞에 서 있다
횡단보도가 파도에 사로잡힌 것은
자신의 몸에서 몇 개의 물결을 발견했기 때문,
흰 머리카락의 탄생을 기다립니다
여자는 망설임 없이 출렁이는 파도 속으로 들어간다

뒤통수가 투명하다
어느 해였던가, 여자의 긴 머리카락이 그물처럼 펼쳐져
헤엄치는 슬픔을 다 잡아 가둔 적 있다
이제는 물에 젖은 머리칼을 기다립니다

빗줄기가 한 올 한 올 한 올
빗방울이 한 땀 한 땀 한 땀
부서진 여자의 뒷모습을 완성할 수 있을까

불과 얼음을 만들었다

이 꿈은 저녁에 배달되었다
당신은 햇살을 데려와 불을 피우고
그 불을 내 심장에 붙여놓고 웃었다
그날의 웃음이 잔인한 후렴처럼
떠돌며 흩어지며
내 머리카락을 다 뽑아버릴 줄 몰랐으니

당신의 입술은 한때 불을 만들고
먼 곳에 닿을 듯 허공을 움켜쥐기도 했다
그래서 먼 곳에 닿았습니까?
새까만 재 한줌을 가져보았습니까?
나는 질문했고 당신이 새로 만들어준 얼음을 먹었다
얼음이 눈꺼풀을 깜빡이며 눈물을 흘린다

당신에 대한 꿈은 밤에도 아침에도 배달되었다
모든 인기척은 외로움 때문에 들리는 환청,
가끔 곁에 와서 떠들고 있는 입술들이 고마웠다
그때 인기척으로 물드는 시간을 보았다
나는 불과 얼음 위에서 긴 잠을 잤다
눈이 감겨지지 않았다

창문 닦는 사람

달에 창문을 내고 창틀에 앉아

아직 오지 않은 사람이 오고 있는 것과
왔다가 가버린 사람이 가고 있는 걸 본다

책을 읽다가 일기를 쓰다가 기다리다가
약속의 공중에 파문을 뭔가를 쓰다가 지우다가

약속의 이동경로를 따라 달이 움직이자
창문은 커졌다가 점점 작아졌다가 사라지고
저 세상에 태어났던 적이 있는 자에게
이 세상은 꿈만 같고

창틀에 걸린 오른발은 짧아지고 왼발은 길어진다
그때마다 내 기다림도 커졌다가 작아지기를 반복하며

창문 아래 긴 벽은 밤처럼 검고 두렵다
나는 앙상하게 길어진 한쪽 맨발로
아직 더러워지지 않은 벽에 몇 마디 써놓는다

오늘은 할 일 없이
동네 슈퍼마켓에 두 번 다녀온 게 전부라고

그리고 밤의 잎사귀가 돋아나 자라기 시작하면
창문도 함께 자라기 시작하고

나는 창틀에 앉아서

창문을 뒤집어쓴 사람을 맞이하기 위해
두 팔을 있는 힘껏 뻗어 지구를 닦고 또 닦아보는 것이다

나는 완벽하게 사라질 필요가 있으므로
땅에 떨어진 별과 구름으로 헛된 기록을 계속 한다

쨍그랑, 나무를 비추던 밤하늘은 깨지고
창문은 벗기는 것보다 깨트리는 게 더 쉽지만
열려 있는 내 창문으로 누군가 던진 돌과 새들의 시체는

방 가득 쌓여 천천히 깃털이 돋아나고 있다
창문은 저 세상이 내게 보낸 애틋한 유물 중의 하나였으니

수많은 고통을 탐사한 결과
뒤통수나 뒷면엔 영원히 채워지지 않은 구멍이 있어
그 구멍을 다 통과해야 인간의 몸은 잿더미가 될 것이다

그래서 창문 닦는 사람은 잿더미를 닦는 사람이 되고

나는 유리창에 부딪힌 적 있는 작은 새처럼
영혼에게 흰색 옷을 입혔다가
검은색 옷을 갈아입혀보기도 하는 것이니

유리창을 닦다보면 금이 간 부분이 내 손바닥에도 전해져
울고 있는 모든 것들은 심장에 쩍 금이 가서 그런 거라고
그러니 한번 믿어보시라지
밤의 은하수와 하얀 쪽배와 나무 한 그루와 토끼 한 마
리를

눈사람의 봄날

이사 다닌 집들이 눈사람처럼 녹아 사라져버렸다
환한 벚꽃이 깨진 창문을 잠시 엿보다 가버리고
이후의 긴 그늘에 대해선 모두 입을 다물어버렸다
그런 국도를 지나쳐, 지나쳐온 봄날이었다

길고양이 한 마리처럼 도시 외곽에서 달을 분양받았지만
나의 열망은 달과 태양을 제본하는 것
한겨울에 만든 눈사람을 한여름에도 들여다보는 것

태양의 밀짚모자를 쓴 채
달의 털모자를 쓴 채

태양과 달은 서로의 표정을 사각사각 베어먹고 있다
그러니 천천히 녹아내리고 있는
뜨겁고 차가운 두 얼굴을 그냥 놔두시길,
괜한 관심으로 눈썹과 코와 입술을
그려넣지 마시길,

지금은 눈사람처럼 녹아내리고 있는 집에 들어가
그해의 환했던 벚꽃과
어느 여름밤의 뜨거운 포옹과
술렁이는 꽃그늘 따위를 모두 들고 나오고 싶은 날이다
어쩌면 이미 누군가 청소하면서 다 치워버렸을

쓸모없이 소중하고 궁핍한 기억들 말이다

페인트공의 구두

사람들은 심장에서 녹지 않은 눈송이를 발굴하기 위해
혈연처럼 싸우다가 멀어지죠
아, 봤어요
허름한 식당 현관에서 페인트공의 구두에 달라붙어 있는
눈송이들을

페인트공이 시간의 심장에서 발굴한
그건 눈송이 화석이었어요
그는 뚜벅뚜벅 걸어와 눈송이들을 탁탁 털고
자리에 앉아 뜨거운 국밥을 시켰지요
털어낸다고 구두에서 떨어져나갈 눈송이들이 아니지요

나는 서로에게 던졌던 눈송이들에 대해 생각했어요
한때 흩날리는 눈발을 잡아본 적 있는 손
받아먹어본 적 있는 입술

찰나가 영원이 된 방이 있다면 녹지 않은 눈송이 같겠죠
그것은 내가 가진 단 하나의 방이에요
언제나 신고 헤매다니는 유일한 구두예요
그 방에 앉아 있거나, 그 신발을 신고 다닐 땐
언제나 눈물이 나지만

눈송이가 가진 힘은

내 두 뺨을 잠시 차갑게 만지고 떠났다는 거죠
뜨거운 입술에 잠시 내려앉았다는 거죠
눈송이 화석을 남겨놓고 떠났다는 거죠

교활한 쥐새끼가 갉아먹으려고 이빨을 들이밀면
나는 두 손으로 얼굴을 가리고 울어요
추억을 지키는 것이 나의 천직인 것처럼

당신이 던진 차가운 눈송이들이 내 신발에도 엉겨붙어 있
어요
심장이 걸어 찾아간 곳을 자꾸 잊으라고 하지 마세요
그건 이제 나만의 것이니까요

태양극장 버스 정류소

오래 만났지만 모르는 사람이 된 당신처럼
이 도시의 골목은 낯설다, 산책중에
일기예보에도 없던 비바람을 만났다

나는 피난의 최소한의 조건 속으로 뛰어들었는데
기둥과 유리벽과 지붕만으로 만들어진
버스 정류소, 이름만을 남기고 사라져버린 태양극장

태양극장이 있던 자리는 뜨거운 기후 같았다
나는 그곳에서 투명한 괄호 속에 묶인 사람
차도 쪽이 아닌 인도 쪽으로 몸을 돌렸다

그리고 보았다, 궤도 밖으로 튀어나가 있는 고물상
빗줄기 속에서 빛나는 냄비들의 사중주
죽음의 경쾌한 배후를 만들고 있는
무엇보다 비를 맞으며 즐겁게 찌그러지고 있는

나는 괄호 속에 묶여서 뒤편의 세계를 본 것일까
형체가 없는 이야기로
혁명에 가담하는 사람들이 늘어나고

이 낡은 도시엔 낮에는 식물로 분류되고
밤에는 동물로 분류되는 사람들이 살아가고 있다

혁명에 가담한 적이 없는
버스 정류소는 불타는 구(球)처럼 남아 당신을 기다린다
여전히 이름이 남았고 불이 꺼지지 않았다
나는 최대한 멀어진 사람들을 기다리며
도형 안에 앉아 있다
의자에 앉은 채 같은 방향을 바라보고 있는 사람의 옆얼굴
그는 나의 이별을 함께 견뎌줄 다정한 사람처럼
최대한 몸을 웅크리고 있다

최소한의 조건처럼 한 사람이 다가오고 있다
태양을 뒤집어쓴 눈사람이 점점 붉어진다
세계의 모든 날씨가 한꺼번에 밀려오고 쏟아져내린다
춥거나 덥다, 축축하거나 건조하다

그곳이 어디든
오늘의 일기예보에 비 소식이 있었던가
오전과 오후, 저녁과 밤, 새벽과 아침에도 시계는 울지 않
았는데
아무것도 깨지거나 찢어지지 않았는데

수많은 빗줄기 사이로 태양이 달려오고 있다
행군은 저물어가기 위해 재빨리 걸어가는 이의 모습 같고

한 명씩 발맞춰 걸으며 버스 의자에 앉아 행군중인 사람들

　　탈 거요? 겨우 만난 눈사람과 함께 머뭇거리는 내게
　　운전기사가 던지는 한마디
　　눈사람과 나는 붉게 불타는 머리통을 좌우로 흔들어 보
인다

* 태양극장 버스 정류소: 창원시 마산에 있는 버스 정류소.

2부

영원을 껴안았지만 영원히 사라져버린 사랑이 있다

버스 정류소에 앉아 있는 셋

어느 날부턴가 우리는 일제히 촛불을 들고
밤거리를 헤매기 시작했다
확실한 신념을 갖고 걷는 자도 있었고
얼떨결에 무리 속에 섞인 자도 있었다
나도 촛불을 들고 서 있긴 했지만
소망하는 건 달랐고, 달과 태양에 가위표를 치며
추억이 많은 마을을 떠나는 꿈을 꾸었다
최대한 멀리 떠나야 했다

시골 버스 정류장 의자에 앉아 있는 할머니 셋
다 같이 꽃무늬 몸빼 바지에 분홍색 티셔츠를 입었다
그리고 뽀글뽀글 파마머리
꼭 촛불 같았다
역시 소망하는 건 달랐고, 같은 방향을 보고 있었다
버스가 오는지, 당신이 오는지, 먼지 속을
달려오는 도형 안에 사람들이 앉아 있었다
다른 건 다 가위표를 쳐도
사람에게는 가위표를 할 수 없었다

내가 원한 건 최대한 추억과 멀어지는 일이었다
순간들이 순간, 순간, 순간으로 지나갈 때도
꽃이 피고 나비들이 날아들었다
정말이지, 먼 곳의 여관방에서 덮는

시간의 이불은 꽃과 나비처럼 아름다운 거여서
생애의 추억은 다 따라와 흩날렸다
나는 낯선 곳에서 늙었거나 혹사당했다
잊게 해달라고 혼자 욕도 해보았다, 정말이지
지금 생에서 먼 곳은 어디란 말인가
먼 곳을 찾아 헤맸다

키스를 매달고 달리는 버스

버스를 타고 가면서
정류장에서 키스하는 소년소녀를 본다
소년은 직행버스를, 소녀는 완행버스를 타고

다음 정류장엔 무엇이 보관되어 있을까
나는 앉아서 어딘가 열심히 가고 있다
먼 곳에서 돌아와 다시 먼 곳으로

행복의 야금술(冶金術)로 골라낸
기억을 믿으면서
누군가의 심장 속에서
모르는 사람들과 함께 덜컹덜컹
종점은 아직 멀었겠지?

그래도 꽃과 새처럼 아름답게 울고 헤어졌잖아
5분이나 10분 간격으로
질주와 정지를 반복하면서

새의 창자에서 추출되는 아름다운 울음과
꽃의 소용돌이에서 추출되는 흰 시간들
영원을 껴안았지만 영원히 사라져버린 사랑이 있다
소녀는 이쪽으로, 소년은 저쪽으로 가고

서로를 잊었겠지
어른이 되어가면서 노인이 되어가면서
고독의 힘을 느끼면서 말이야
어렴풋한 영원을 지키려고
구름 위에 착지하는 법을 혼자 익히며
몇 년이 지났을까? 10년, 20년
아직도 서로를 잊고 있는 중이겠지

버스 유리창에 키스의 무늬가 찍혀 있다
지워지지 않는 무늬를 영원히 매달고 울어야 하는 마음
처럼
행성 하나가 달려와 정류장에 멈춘다
나는 그때마다 유리창에 비치는 소년소녀를 본다

참새

물명고(物名攷)에 따르면 늙어서 무늬가 있는 참새를 마작이라 한다지. 참새들은 이야기의 산산조각을 물고 돌아오곤 한다. 깨진 무늬를 들어 얼굴을 비춰보는 시간.

무늬도 늙어 이야기가 다 끝나가는 저녁. 공원 평상에 둘러앉아 귀신들 마작을 한다. 시간은 패를 돌리다가 끝내 자신의 얼굴을 뭉개고 사라져버린다. 한마디 변명도 없이. 사과도 없이. 본질은 어디 가고 뒷담화만 남아 진실을 찾겠다고 아우성이냐. 가까운 사람은 치욕적으로 가깝고 먼 사람은 애초에 다가온 적 없으니 아름답지 않았나. 모르는 집 마당에 죽은 목련나무를 보러 갔었던 어느 저녁의 일처럼 서러워진다.

작년에 얼어죽은 목련입니다. 작은 꽃망울이 그대로 있군요. 가지를 꺾어봤어요. 분명 죽었습니다. 내년엔 흰 페인트를 칠해버릴 겁니다. 그 집을 나와 공원에 앉아 울었다. 죽은 목련나무를 되살리는 꿈을 꿨다.

목련나무를 팔라고 하면 어떨까. 뿌리라도 파보면 어떨까. 꽃망울은 입술을 다문 채 울음 삼키고 있다. 사랑의 깊이에 대해 생각해본 게 언제였더라. 이봐요. 골치 아픈 건 질색이라. 그냥 패나 돌려요. 우연도 이런 기막힌 우연이. 당신을 이런 천국에서 만나다니. 누가 고통을 주고 달아난

건지 기억조차 가물가물해. 아무튼 이곳에서 만나니 반가워
요. 그러니 패나 돌립시다. 애틋한 밤이 오기 전에.

　작은 새들이 공기의 대륙으로 날아가는 걸 보고 싶어. 또
쓸데없는 소리를. 그냥 밥이나 먹고 놀다가 흩어지면 될 것
을. 이미 사랑스러워진 고독도 내 등을 파고들어가 혼자 울
곤 한다. 기어코 심장을 뚫고 들어갔다가 다시 나오는 것.
울음에도 무늬가 남을까. 살짝 비치는 거 말이야. 다 지나
고 나면.

월력

그러니 지구여, 이제 달을 삼켜주세요
허물어져버린 잔해 속에서 당신을 수습할 수 있도록

내 직업은 달에서 민박집을 하는 거지만
지구에 사는 당신과 몇 달을 살아보고 싶어서
농부의 밭에 떨어져 산산조각났어요

내 몸의 파편을 주웠나요?
그게 세계의 달력이랍니다, 이중생활인 거죠
농부와 어부의 계절인 거죠
오른쪽 가슴과 왼쪽 가슴처럼 우린 만나기 어렵죠
그러니 복숭아꽃이 개화할 때
꽃이 봉긋하게 솟아오를 때

어딘가에 메모해둔 나비를 찾아 가야금을 연주하게 하세요
그러니 죽은 자의 음악이 들리는 항구에서요
농부의 딸년인데 바다에 가서 실종되었으니
감성돔, 볼락, 가자미와 해파리가 내 흔적일지도 몰라요

내 산산조각을 주웠나요? 그게 고백한 순간
등을 돌리는 흰 뼈의 시간이라는 것을

빛을 내며 침몰하는 순간을 손에 들고

당신은 둥글게둥글게 짝짝, 손뼉만 치고 있으니
달력에 별무늬로 표시한 생일 앞에서
우리 다 같이 묵념이나 합시다!

별

물병자리는 무너지고 취한 것들의 옆자리다
술병 자리, 광어회 자리, 매운탕 자리
술집 탁자 위에 뜬 별자리들
밤의 탁자를 둘러앉은 취한 사람들이
지상의 별자리들이다
밤하늘 이름 없는 저 외톨이별이 사람자리다

누군가 물병을 들어 벌컥벌컥 마른 목을 적신다
누군가 물병을 엎질렀다
멀뚱히 두 눈을 뜬
접시 위 물고기 입속으로 물이 흘러들어간다
물병자리는 술집 탁자 위
맥주와 소주와 광어회의 옆자리다

나는 흰 살을 한 점 썹었다
어떤 향유를 바른 것일까
죽은 물고기에서 산 자의 냄새가 났다
이럴 땐 신선도 높은 죽음에 대해 기뻐해야 하나

누군가의 울음을 감상하다가 문득
누군가의 등을 토닥토닥 두드려주다가 문득
그의 구토물들이 한꺼번에 쏟아지는 별똥별이라는 생각
이렇게 냄새나는 별자리들이라니!

저기 간다 비틀비틀 또다른 물병자리 하나
노래 흥얼거리다 쌍욕 내뱉다
택시 타고 사라진다
천체망원경이 없어도 그의 몸안이 환히 보인다

성게

슬픔은 성게 같은 것이다
성가셔서 쫓아내도 사라지지 않는다
무심코 내게 온 것이 아니다, 내가 찾아간 것도 아니다
그런데 성게가 헤엄쳐 왔다
온몸에 검은 가시를 뾰족뾰족 내밀고
누굴 찌르려고 왔는지

낯선 항구의 방파제까지 떠내려가
실종인지 실족인지 행방을 알 수 없는 심장

실종은 왜 죽음으로 처리되지 않나
영원히 기다리게 하나
연락두절은 왜 우리를
노을이 뜰 때부터 질 때까지 항구에 앉아 있게 하나
달이 뜰 때부터 질 때까지 앉아 있게 하나
바다에 떨어진 빗방울이 뚜렷한 글씨를 쓸 때까지
물속을 물끄러미 들여다보게 하나
기다리는 사람은 왜 반성하는 자세로
사타구니에 두 손을 구겨넣고는 고갤 숙이고 있나

꽃나무 한 그루도 수습되지 않는
이런 봄밤에
저, 저 떠내려가는 심장과 검은 성게가

서로를 껴안고 어쩔 줄 모르는 밤에

슬픈치, 슬픈

통영 비진도에 설풍치(雪風峙)라는 해안 언덕이 있다. 폭설과 비바람이 심해 쉽게 다가갈 수 없는 절벽이다. 그래서 설풍치는 슬픈치로 불리기도 한다. 그 해안을 누가 다녀갔다. 길게 흘러내린 절벽치마의 올이 풀려 도도새, 여행 비둘기, 거대한 후투티, 웃는 올빼미, 큰 바다 쇠오리, 쿠바 붉은 잉꼬, 빨간 뜸부기. 깃털이 날아가 찢어진 치마에 달라붙는다. 다시 밤은 애틋해진다. 게스트 하우스의 창문을 열어놓은 채로, 달의 문을 열어놓은 채로 잠을 잔다. 흰 눈이 쏟아진다. 커튼의 올이 풀려 코끼리 새 화석의 뼈를 감싼다. 따뜻한가요? 눈사람이 끼고 있는 장갑의 올이 풀려 내 몸을 친친 감는다. 나는 달아나는 사람의 자세로 묶여 있다. 일주일 후에나 발견된 죽은 새를 안고 있다. 자세를 바꾸기가 쉽지 않다. 누가 다녀갔지만 슬픈치는 여전히 슬픈치로 불린다. 해안 모퉁이에 새들이 계속 쌓인다. 사랑한 만큼 쌓인다. 침묵한 만큼 쌓인다. 게스트 하우스의 창문을 열어놓은 채로, 나는 여전히 당신의 절벽에 매달려 있다.

달의 왈츠

당신을 사랑할 때 그 불안이 내겐 평화였다. 달빛 알레르기에 걸려 온몸이 아픈 평화였다. 당신과 싸울 때 그 싸움이 내겐 평화였다. 산산조각나버린 심장. 달은 그 파편 중의 일부다. 오늘밤 달은 나를 만나러 오는 당신의 얼굴 같고. 마음을 열려고 애쓰는 사람 같고. 마음을 닫으려고 애쓰는 당신 같기도 해. 밥을 떠넣는 당신의 입이 하품하는 것처럼 보인 날에는 키스와 하품의 차이에 대해 생각하였지. 우리는 다른 계절로 이주한 토끼처럼 추웠지만 털가죽을 벗겨 서로의 몸을 덮어주진 않았다. 내가 울면 두 손을 가만히 무릎에 올려놓고 침묵하던 토끼.

당신이 화를 낼 때 그 목소리가 내겐 평화였다. 달빛은 꽃의 구덩이 속으로 쏟아진다. 꽃가루는 시간의 구덩이가 밀어올리는 기억이다. 내 얼굴을 뒤덮고 있는 꽃가루. 그림자여. 조금만 더 멀리 떨어져서 따라와줄래? 오늘은 달을 안고 빙글빙글 돌고 싶구나. 돌멩이 하나를 안고 춤추고 싶구나. 그림자도 없이.

거미줄에 걸려 있는 마음

바닥에 떨어지지 못한 나뭇잎을 올려다본다

슬픔을 식량처럼 핥아먹고
춥고 빙글빙글 돌고 있는 기분에 휩싸여
우리는 늘 같은 자리를 회전하고 있다

한번 울 때마다 줄에 맺히는 음악이 있다는 걸 알았다
악보를 쓰기 위해 기꺼이 서로를 버린 자들과 함께

그리고 악보 위에 올라앉은 마른 나뭇잎과 나비 한 마리와
초대받지 못한 투명한 빗방울들

우리는 축축한 공기가 얹혀 있는 끈으로 서로를 묶고
낙하, 라고 발음하면 떨어질 거라는 확신과
멀리 가자고 하면 먼 곳에 도착해 있을 거라는 착각에 빠
진다

실을 토해내어 물방울 맺힌 하늘 가까이 가보려 하고
낡은 스웨터로 추위를 감싼다

절망했고, 절망스럽게 공기는
아픈 풍경을 바꿔치기할 줄 모르지만

내가 한 사람을 깔고 앉아 있어
운명보다 더 살 수 있을 거라는 늙은 점술가의 말은
잣나무와 사과나무 사이에 흔들리는 집을 짓게 한다

누구의 세계입니까?

꽃나무 한 그루면 장롱도 짜고 이불도 만들고
아름답게 우는 작은 새 한 마리도
기를 수 있을 거예요
그러니까 예단으로 저 빈집의
목련 꽃나무 한 그루면 족하지요
어떤 계절엔 미신을 믿었기에
물속의 얼굴을 보며 계속 웃는 연습을 했고
웃음이 눈물을 흘리는 걸 지켜보곤 했었지요
얼굴엔 분할된 땅들이 있는데
그중에 와잠(臥蠶)은 눈물을 숨겨놓은 곳이지요
남루한 밥상 앞에 마주앉았을 때
당신이 많이 들여다봐서 웃다가 생긴 땅인데
나는 이제 그 땅을 밟지 못해요
사람들은 우리의 집을 폐허라 부르더군요
나는 열심히 꽃을 피우고 풀을 키우고
아무도 못 들어오게
방문 고리를 노끈으로 묶어놓았는데 말이지요
마루 기둥엔 온도계를 걸어두었고
빨간 눈금은 언제나 24도를 가리키고 있어요
사람들은 또 이 집을 사라진 집이라고 말해요
사라진 것들은 나의 세계입니까
당신의 세계입니까
오늘은 어떤 여자가 한 손에 커피잔을 들고 와

우리의 집을 오래 들여다보다가 갔어요
그때 햇살이 얼마나 환하던지
나는 방안에서 찢어진 문풍지 사이로
눈동자가 쏟아지도록 그녀를 바라보았지요

종이배를 접지 못하여

가령 이런 것이다
몇이 모여 오랜만에 종이배를 접어보지만
한 명도 제대로 접지 못할 때
나는 종이배를 태운 문장들과 함께 사라지고 싶다는 생
각이 들고

창밖의 목련은
아무도 접지 못한 종이배를 접어 나비를 태운다
아무도 종이배를 접지 못했으므로 나는 그날 사라지지 않
았다
다행이다, 내 왼쪽은 늘 아득한 곳
최근에 나와 가장 가까웠던 슬픔이 고여 있다
입술을 빠져나간 헛된 질문이 밤의 밀거래를 완성한다

나는 하늘을 물들일 나의 부피를 알고 있다
그것은 매우 작고 작은 하늘의 땅이어서
아무도 잃어버린 줄도 모를 것이다
문장이 낯익어, 간밤에 내가 쓴 것일까!
즉, 우리가 어느 해 그 해변에 있었다는 것인데
두근거리는 파도와 함께 그곳에 숨었다는 것인데

추억을 지키는 그따위 일에 누가 목숨을 걸 것인가
그러나 나는 나무에 핀 하얗고 작은 종이배들이

우리가 함께 갔던 해변에서 밀려온 것이라 믿는다
목숨을 걸고 추억이 밀려온 것이라 믿는다

섬

너무 빨리 녹거나 돌아서는 세계를 용서할 수 없다
섬은 천천히 녹고 있는 것이다
천천히 돌아서고 있는 것이다
어떤 마음으로 돌아섰는지 궁금해
혼이 나가버린 계절에 도착한 답장을 읽으며

나는 물에 젖은 답장을 두 손으로 감쌌다
잠시 사랑하고 잠시 기다리는 일에 대해
오랫동안 지켜봤다

어떤 마음으로 사라졌는지 궁금해
기다림의 헛된 방식인 눈물이 넘치면
나는 넘어지려는 방을 붙잡고 서서
답장에 대한 답장을 쓰곤 했다

비린내를 풍기는 낡은 여관방의 커튼으로
내 입술에 들러붙어 있는 너의 검은 입술을 닦아내며
물에 젖어 달라붙어 있는 두 입술을 두 손으로 감쌌다

공터

서로 번져서 생긴 상처는 언젠가 무늬가 된다. 먼 곳에서 보면 죄와 벌은 함께 버려진 표정처럼 닮았거든. 남아 있는 향기에 대해 쓸 때 민들레나 제비꽃을 슬쩍 빌려오는 건 오랜 습관. 어떤 세계에서는 가슴과 복부가 공터처럼 버려졌어. 정말 버려진 게 맞을까, 싶은 어떤 세계를 공터에 버려진 흰 마네킹을 보며 떠올린다.

우리 함께 그 공터에 가볼까? 더이상 눈꺼풀이 내려앉지 않아 낮과 밤을 구별하지 못하는 소녀를 만나러. 그리고 지금은 눈이 쏟아지는 밤이야. 칠이 벗겨져 살이 드러나 있는 발가락 하나. 아름다운 사람을 만나러 떠돌아다닌 흔적일까.

하늘 향해 반듯하게 눕지도 못하고
엎드려 울다가,

여기서 멈춘. 그 시간. 그 풍경. 그 순간. 고통이나 슬픔은 나무 한 그루를 지나가야 있는 거 아닌가. 나무 너머 나무 너머. 풀을 지나 풀을 지나 바다 같은 공터에 닿아야 하는 거 아닌가. 하늘 같은 공터에 닿아야 하는 거 아닌가. 무슨 상관이야. 너는 없는데. 지구에 눈을 감지 못하고 죽은 인간이 있어. 그게 다야.

삵

밤이면 좋아하는 사람들이 모이지
오랫동안 서로의 목덜미를 물어뜯으며
부드러운 털 사이로 피가 나지 않을 만큼

누군가 슬픔은 뭔가를 찌르고
쪼아대는 일 따위를 모른다고 말하네
울고 싶을 때
갑자기 가로등이 꺼지는 것처럼 자연스럽게
좋아하는 사람을 끌어안으며

서로 번진다는 건 어떤 걸까
바람이 불자 목덜미에 키스하고 싶은

우리는 아무도 서로에게 망명한 적 없어
눈빛이 눈빛을 올라타고
왼손이 오른손을 올라탄 순간이 있더라도
털 사이로 피가 나지 않을 만큼
서로를 조금 할퀴다가 헤어졌을 뿐

내가 누군가를 물어뜯지 않는 건
밤이 뭔가를 기록하고 불을 지르고 가버렸기 때문,
하늘에서 천둥번개가 치면
삵의 울음소리가 복원된 거라고 생각해도 좋아

밤이면 다정한 사람들이 모이지
만질 수 없는데 먼 울음 들리곤 하지
우리는 타인을 할퀴던 두 손으로
자신의 이마에 길고 흰 사랑을 기록한다

잃어버린 짠맛을 보충하기 위하여
마지막 남은 한 놈을 대하듯 서로의 눈물을 핥아먹는다

혀의 지도

당신이 내게 미안하다며 사과할 때
등뒤 창문엔 둥글고 향긋한 즙이 묻어있었어요
그때 그 창문은 지구의 창문이었고
당신은 지구에서 내게 유일한 사람처럼
아름다웠지요

당신은 바람에 흩날리는 커튼과
눈물을 가져다주었고
눈물은 과일처럼 씨들을 품고 있어
꽃과 열매를 맺다가 시들고 죽기도 했어요
어김없이 어김없는 계절이 돌아와

나는 당신과 함께 지구의 끝에 가보는군요
이별에 능통한 자들은 혀에 변명의 지도를 그릴 줄 알아요
스스로를 나쁜 놈이라고 말하면서도 울진 않아요

지구에는 책임을 지려는 입술들이 살아요
당신은 씨앗이었다가 꿈틀거리는 사과벌레였다가
사과 지뢰를 터뜨리고 나비가 되어 날아갔지요

이 마을엔 거래를 잘하는 상인도 살아요
그는 사랑의 처음과 끝을 혀에 적어놓고 팔기도 하지요
혀에 그려진 천문도를 따라가보면

목적을 이룬 고통이 만세를 부르며 웃고 있어요
나는 이제 상인을 따라다니며
당신 없는 지구의 창문을 닦고
은하수가 쏟아지는 황무지에 눈물을 버리곤 해요

어항

햇볕을 쬐는 노숙자의 한쪽 귀가
발갛게 달아올라 있다

아, 그렇게 투명한 귀 한 짝에
햇살이며 바람이며 공기가
와글와글 모여 제 몰골을 비춰보고 있다

관처럼 무거워 굳게 닫고 살았던
나의 두 귀를 열어
봉인해두었던 시간을 풀었다
한 사람을 잊을 수 없어 피어난 귀꽃
시체들에게 외로움에 대해 물으면
분명 자신의 붉은 귀를 펼쳐 보여줄 것이다

바람의 귀, 음악의 귀, 나뭇잎 귀, 쏟아진 햇살 귀
함께 먹었던 밥맛의 귀, 귓속말을 주고받았던 귀

다 그렇게 말한다
시간이 잊게 해줄 거라고,

정말 그날이 오면
희극배우처럼 꽃처럼 비둘기처럼
친절해질 수 있을까

어느 계절엔 귀꽃에 눈물을 매달고 딸랑딸랑
그곳으로 다시 돌아가 햇살에 귀를 말리고 싶다

내 귀는 어항처럼 얼굴 양쪽에 매달려 있다
눈물이 헤엄치고 있는 작은 어항 두 개
누가 들여다보고 물고기에게 말을 걸려고 할 때마다
발갛게 달아오른다
귓속의 물고기를 감추려고 하면
눈동자에서 물고기들이 흘러내린다
그러고 보니 온몸에 어항이 가득하다

귀의 어항, 눈구멍의 어항, 콧구멍의 어항, 입의 어항
심장의 어항, 너를 만나 울고 돌아온 어항들

떠돌이 노숙자의 분홍색 귀와 내 귀가
서로를 바라보며 햇볕을 쬐고 있다
속이 다 드러나 부끄러운 건 같은 처지다
내 귀가 조금 더 거짓말에 가깝다

구두

모르는 사내와 우연히 마주앉았습니다. 탁자에 물컵을 놓고 사라지는 그녀의 구두굽은 푸른색이었어요. 때때로 나비는 자신이 신고 온 구두의 뾰족한 끝으로 물맛을 느끼기도 하지요. 입술을 통해서 사랑이 나갔지만, 화력발전소는 자주 불을 꺼트린다는 걸 알기에 꽤 긴 시간 침묵하다가 한마디 툭 던져보았지요.

"그녀가 발 달린 물뱀을 신고 왔네."

나는 입술의 그을음을 적시다가 컵을 내려놓았습니다.

"물뱀 한 마리가 발 달린 그녀를 신고 왔네."

갑자기 사내가 내 말을 받아치더군요. 모르는 사내의 뒤통수가 환해지는 걸 느꼈습니다. 당신이 나를 몰랐을 때 당신도 천국에 앉아 있는 나를 보았습니까? 밤의 열락을 온몸으로 번지게 한 입술, 불이 꺼진 후에 남은 풍경에는 붙잡을 수 있는 게 아무것도 없어요. 그을음을 묻힌 입술은 회상에 잠겨 있어요. 탁자 위의 물컵은 어리둥절한 표정입니다. 시간은 또각또각 떠나가고 있어요. 때때로 나비는 자신이 신고 온 구두를 영원히 벗지 못한 채 아픈 발로 지옥을 건너가기도 하지요.

3부

다 알고 있으면서 아무것도 모른다는 문장을 쓰고 있어요

혀

달 속에서 정원용 갈퀴가 발견되었다. 붉은 갈퀴가 끌어모은 것들은 밀어, 밀어라는 민물고기는 배지느러미가 빨판으로 되어 있어서 어디든 잘 달라붙는다. 어디든 잘 숨어 있다. 밀어 말이다. 바로 당신이 생각하는 그 밀어는,

꼬리를 흔들며 속삭인다. 심장을 들춰보면 아직도 이리저리 헤엄쳐 다니고 있다. 때론 식도를 타고 올라가 눈구멍에서 헤엄쳐 나오는 밀어. 세상으로 나가서 소문에도 달라붙고 연민에도 달라붙고 약점에도 달라붙는 밀어.

당신은 달의 뿔을 붙잡고 놓아주지 않는다. 나는 당신이 그 뿔을 잡고 있는 게 좋다. 달은 미련처럼 커졌다가 작아진다. 사랑의 기억이 쓰레기가 되는 것을 참을 수 없는 저녁이다. 오래된 정원용 갈퀴가 끌어모은 것들은 부유하는 먼지들이 주고받은 밀어. 한쪽 다리를 절며 다가온 단어들을 생각하며 밤새 울지만,

달의 안구에 달라붙어 나를 바라보는 밀어. 바로 당신이 생각하는 그 밀어의 작은 입안을 내가 들여다봤다. 혀, 다정한 통증을 끌어모으고 있는 정원용 갈퀴. 우리 함께 쓰레기를 파묻고 그 위에 꽃씨를 던지러 가자. 이별의 정원을 파헤치러 가자. 당신은 내가 인간이 되지 못하도록 심장의 두 뿔을 붙잡고 있다.

입술, 죽은 꽃나무 앞에서

더 깊이 만지기 위해 살을 파고들어가
서로의 뼈를 만지면서부터 대부분은 불행해졌다
처음엔 보여주었고 나중엔 말해주었고
천천히 부풀었다가 찢겨져 흩날려버리는 것

한 입만 하다가 두 입만 하다가 세 입만 하다가
첫 한 입을 잊어버리는 일

주고받은 말들은 산산조각났다
우리는 어디에 파묻어야 할지 모를 말을 주고받으며
종이 같은 추억을 찢어 날렸다
벼랑 위에서 구름 위에서 태양 속에서

나는 불탔다 몸서리치는 언어를 반죽하여
입안으로 밀어넣었다
아침의 모든 것들과 저녁의 모든 것들과 밤의 모든 것들이
곧 몰려올 것이기에 이 악물고 울음을 참았다

하룻밤 자고 나면 나무에 희디흰 꽃들이여 피어라
포옹을 잊지 않은 긴 팔로 너를 안아줄 테니
뼈만 남은 꽃나무 유골, 다시 사랑을 시작하라

숨겨진 방

잣나무 아래를 지나갈 때
툭 굴러떨어지는 잣나무 열매를 비켜
나는 소녀 난민처럼 살 수도 죽을 수도 없이
세상 한쪽으로 떠밀리고 있다는 생각을 했어
아주 잠깐이지만 떠난 사람들을 생각했고
추억으로 가득찬 무거운 방을 생각했고
대낮에도 떠오르지 않은 숨은 태양을 생각했고
대낮에도 어딘가 떠 있는 숨은 달을 생각했고

점점 생각이 많아지고 있어
아름다움이란 먼 곳에서 되돌아온 헛것이라는 생각

달이 뜨고 당신과 나의 경계처럼
두 뺨에 물 흔적선이 선명해질 때
시든 풀잎 같고 국경 같은 입술이 불타는 걸 봤어
붉게, 젖어서, 젖은 것들도 불탄다는 걸
처음 알았지만 잡히지 않은 불길이 있다는 걸
재가 되어야 끝나는 이야기가 있다는 걸 알았어
아, 물론 이제부터 재의 이야기가 시작되겠지만

낮과 밤의 경계에 당신은 선을 그을 수 있겠어?
선(線)이든, 선(善)이든 상관없이 말이야
정확하게 뭔가를 그을 수 있는 자의 표정을 보고 싶어

나는 기억을 수집하는 척후병처럼 생각에 잠겨 있어
못에 걸린 방은 가끔 자지러지게 울고
검은 타액으로 자신의 몸을 닦아내고 있어
달은 저 혼자 희미한 저녁을 떨어뜨리고
태양은 재의 이야기를 어딘가에 숨긴 채 피어나고 있어
버렸다가 되찾아오는 일에 관심을 갖기 시작했어
한번 가진 적 있는 방을 잊는다는 건 쉬운 일이 아니니까
내 산책의 시작은 발등을 스르륵 지나간 외로움으로부터
달릴 수 있는 다리와
날아갈 수 있는 숨겨진 날개와
어디든 살고 있는 바로 그것으로부터

그런데 말이야, 당신이 다 잊었다고 말하는 순간들도
별들처럼 광활한 우주를 떠다니고 있겠지
낮보다 밤에 우주라는 단어를 자주 떠올리는 건 별 때문
이야
낮엔 별에 관한 거짓말을 하고
밤엔 반짝이는 별을 보며
가로등 아래를 지나가기도 해
내 심장은 희미한 가로등 아래서 눈물을 떨어뜨리지
세상의 숨겨진 방들처럼 말이야

난로

오전엔 울고 오후엔 모든 걸 잊곤 하는
꽃나무 한 그루가 불타고 있다
눈을 감은 채로 불꽃같은 꽃에게 다가가

손을 쬔다, 삶에서 죽음으로 옮겨간 것들은
먼 곳으로 이사 가듯 주소도 바뀐다

견디면서 멀어지는 일과
멀어지면서 부서지는 일들이 녹아 흘러내렸다

사람이 한 그루 나무라는 말은 옛말인데

나는 나무처럼 두 다리를 쭈욱 펴본다
잠들 때마다 이불이 무덤 같다는 생각을 한다
잠들 때마다 불씨가 몸을 파고들어가
옆구리든 무릎이든 머리통이든
그 어디에서건 꽃이 핀다

나무는 나무에게 다가가 심장을 쬔다
입술이 입술의 이야기에 귀기울이듯 열렸다가 닫힌다

기러기

　당신이 밤새 운전하는 동안 나는 노래를 불렀지. 노래가 끝나자 우리는 박수를 치고 각자 돌아갈 행성을 생각했다. 괜찮아요. 북쪽 가까이 다녀온 밤이잖아요. 밤이 깊어질수록 당신에게서 기러기 냄새가 났지. 우린 지구의 표면으로부터 너무 멀리 떨어진 곳에 가 있었어. 17,000마일의 속도로 달에 충돌한 운석처럼 번쩍 빛이 났지. 호기심으로 다가온 지구의 친구들도 볼 수 있을 만큼 거대한 사건이었어. 당신은 다른 별을 찾아 위치를 바꾸었지. 힘의 무게가 이동하는 걸 느꼈어. 나는 계산할 수 없었다. 당신은 위치를 바꾸고 나는 궤도를 이탈해버렸으니까.

　나는 노래를 불렀지. 밤의 들판, 밤의 들판에서 승냥이들에게 물어뜯기는 달을 바라보며, 점점 작아지는 달. 점점 커지는 달. 나는 아무것도 선언할 수 없었다. 달의 파편들이 내 몸에 쏟아져 내려꽂혔지. 더이상 노래를 할 수 없는 밤이 왔지. 이젠 괜찮지 않아요. 북쪽 가까이 다녀온 밤이 있으니까요.

황금빛 울음

매미의 허물은 황금빛 옷을 입은 채 발견되었다
몸에서 울음 다 발라내고 파동마저 멈춘 허물을
비추고 있는 햇빛의 정체는 무엇일까

울음의 진동수와 파동을 기억하는 사랑의 배후
안간힘으로 나무둥치에 붙어 있는 사랑의 배후들
저 황금빛 껍데기 속에 누가 손을 넣어보았나
만져보았나, 손바닥에 노랗게 묻어나는 시간의 입자들

아무리 손 흔들어도 이별할 수 없어
천 년이 지나면 끝날 것 같지?
아무래도 우리의 황금빛 허물은 은행나무에 업혀
천 년을 더 살아낼 수 있을 것만 같고

속이 텅 빈 은행나무 안에서 백 년
그리고 바깥을 떠돌며 또 천 년을 살아
형체도 맛도 소리도 없는 당신을 찾아헤맨다
울음 다 빠져나간 저 껍데기 속으로 손을 넣어
누가 다시 태어나는 울음을 만져보았나
눈동자와 귓구멍이 자꾸 아픈 이유에 대해서도
물이 솟구치는 이유에 대해서도

당신 떠나고 없어, 사랑도 분노도 없어

그런데도 저 쏟아지는 햇빛 속에 당신이 있고
눈물이 흐르고 있으니 이 작은 세계에서의 맴맴맴
소리 없이 울고 있는 맴맴맴

오늘의 믿음

잿빛 몸에 노란 테를 두른 검은 반점 무늬의 물고기를
달고기라 부른다
깊이라는 말의 안쪽을 흘러다니는 영혼처럼

황금빛 달무리를 머리에 쓰고 떠돌아다니는 물고기

대개 천사가 그렇다
날아갈 때 머리 위에 붕 떠서 함께 날아가는 물방울들

죽음만이 찬란하다는 말은 수긍하지 않는다
다만, 타인들에겐 담담한 비극이 무엇보다 비극적으로
내게 헤엄쳐왔을 때
죽음을 정교하게 들여다보는 장의사의 심정을 이해한 적
있다

나는 사랑했고 기꺼이 죽음으로
밤물결들이 써내려갈 이야기를 남겼다
밤물결들이 은은하고 생생하게
한 사람과의 추억을 기록하고 있을 때

슬픔은 최선을 다해 증발하고 최선을 다해 사라지려고 노
력했다

내 심장의 바닥을 들여다보며 울고 있을 때
왜 타인의 바닥도 함께 보이나
위로의 말은 집어치워요
그런 눈빛도

널 따라간 여름날 저녁에 탄생한 눈물이 있다
앞으로 거리를 두고 싶습니다
믿음이라는 말의 안쪽을 흘러다니는 흉흉한 거짓말처럼
누군가에게 일어난 일은 누군가에겐 일어나지 않은 일이
되기도 한다

울음이 텅 빈 뼛속을 흘러갈 때

항구에 세워진 서커스 천막
저 헐렁헐렁한, 나부끼는 천막 위의 풍향계

바람이 목덜미를 훑고 지나갈 때
줄에 매달려 빙글빙글 돌고 있는 남녀는
떠날 방향을 찾고 있었던 게 분명하다

어딘가에서 잡혀온 슬픔들도 번식을 꿈꾸느라
초조한 표정으로 플라스틱 의자에 앉아 있다

누가 사랑에 얹힌 맨발을
씻어주며 노래를 할 것인가
허공에서 맨발은 헛된 기대를 저버리는 인생 같고 사랑
같다

남자의 맨발이 여자의 흰 목을 놓치는 순간은
저들에게 일어날 유일한 사건일까
마지막 생존자는 언제쯤 식을까? 떨어질 것 같아
구름에 매달려 흔들리는 새처럼

바닥에는 그 흔한 그물침대도 하나 없다
떨어지면 달려가 구경꾼처럼 한마디씩 던지리라
허기진 고양이처럼 아슬아슬하게 추억을 노려보며

모든 것들이 충동적이었다고 중얼거릴 것이다

그들이 바닥에 안전하게 착지했을 때 우리는 박수를 쳤고
누가 책받침을 돌렸다
너무 세게 박수를 쳐서 손바닥이 빨갛다
나는 슬픔보다 위로가 번식하는 시간을 갖고 싶어서
아무도 다치지 않은 서커스 천막을 새의 둥지라고 믿는다

새는 잘 날아갈 수 있도록 뼛속이 비어 있단다
나는 울음이 텅 빈 뼛속을 흘러가는 감정에 대해 안다
그건 손을 잡을 때 서로에게 흘러드는 느낌과 같고
그때 사랑이 움켜쥐는 불안이 보인다

타인의 일기

당신을 만난 후부터 길은 휘어져
오른쪽으로 가도 왼쪽으로 가도 당신을 만나요

길 안에는 소용돌이가 있고 소실점도 있지만
뒤섞여버린 인생과 죽음과
사랑과 체념이 있지만

서로에게 닿을 듯이 멀어지는 타인들의 거리에서

당신이 사라져버린 후에 나는 전율하는 모든 순간들에게
묵념하는 방법을 알게 되었어요

내가 고요히 슬픔을 알아갈 때
머리 위엔 뭔가 뭉클한 것들이 내려앉고
내 신발 속엔 수수께끼를 푸는
착한 천사들이 다녀가기도 했어요

내가 길 끝의 낭떠러지로 가면
천사들은 나를 업고 달려가 방에 눕혀놓곤 했지요

책상에는 농담 같은 일기와
진담 같은 詩 몇 편

언젠가 당신은 눈먼 거미의 호주머니에서
내 유서를 발견하게 될지도 모르겠어요
이해하려고 해봤자 이해할 수 없는 내용들로 가득한

그것은 우리가 물어뜯고 해체한 시간이에요
나에게 온 적이 없는 당신의 시간이에요
다 알고 있으면서 아무것도 모른다는 문장을 쓰고 있어요

안부

하늘에서 누워 자면
얼굴에 달라붙는 나무 잎사귀와
피부를 간질이며 지나가는 소금쟁이의 긴 발끝이 보여

그것은 거꾸로 자는 잠

내가 가진 세계들은 아래로 흩어져
싸락눈이 되고 빗방울이 되리
피부를 만질 때마다 떨어지는 외로움

나는 하늘에 이렇게 적을 거야
우울이라는 재미와 불안이라는 재미와
슬픔이라는 재미와 고통이라는 재미와
기다림이라는 재미에 푹 빠져 있다고

요즘도 잠결에 눈물을 흘리십니까?
마지막 생존자에게 가닿을 내 그리움은
작고 가벼웠으면 좋겠어
가볍고 애틋하게 시작한 사랑처럼

입술보다 귓바퀴가 더 붉어지는 밤이야
그래, 모든 순간이 끝날 땐
귀싸대기를 얻어맞은 것처럼

얼얼하고 뭔가 쾅 무너지는 거지

세월이 흐른 후에 물어보는 사람이 꼭 있어
그때 무슨 일 있었느냐고
지금은 괜찮으냐고

여긴 물속입니다 하늘이 풍덩 빠져 있고
우울이라는 농담과 불안이라는 농담과
슬픔이라는 농담과 고통이라는 농담과
기다림이라는 농담에 허리가 휠 정도라고

그것은 거꾸로 흐르는 시간

부서져야 서로에게 흘러들 수 있습니다
하늘과 땅이 부서져서 바다가 되고
어제와 오늘과 내일이 녹아서
같은 해변에 도착하고 있는 걸 보았다

해운대 밤 풍경

　길을 잃은 아이는 나보다 먼 곳을 보는 사람. 더 캄캄한 곳에서 환한 은하수를 관측하는 사람. 아이 하나가 울면서 해운대 백사장을 헤매고 있다. 사내인지, 계집애인지. 큰 울음소리는 성별마저 지워버린다. 울음은 사람을 만드는 성분이다. 비법이라고 할까. 저렇게 쉬지 않고 울다가 목이 쉬어서 목소리를 잃고, 방향을 잃고 모르는 이를 따라가버리면 큰일이다. 미아보호소에 데려다줄까. 파출소는 문을 닫았는데. 파도에 쓸려온 모래톱이 우주의 풍경 같다. 그런데 여기가 어디지? 분명 집에 있었는데, 해운대 밤 풍경 속에 나는 누워 있네. 길 잃은 아이는 울음이 창조한 풍선. 어떤 사람에게서 반송된 편지 같은 것. 미아. 떨어지는 별처럼 나도 그곳에 있었다.

항구의 아침

페루의 민물거북이 휴식을 취할 때 기다렸다는 듯이 나비
떼가 날아와 거북의 눈물을 핥아먹는다고 합니다. 우리도
서로의 눈동자를 씻겨준 적이 있지요. 그때 당신이 내 눈의
아름다운 맛을 다 갖고 떠났지요. 애틋함과 행복 같은 것들
말이에요. 한때 수많은 나비들이 날아와 내 눈물의 맛을 보
고 함께 울어주기도 했어요. 고맙게도.

이제 내 눈물은 쏘가리, 은어, 빠가사리, 모래무지, 민물
고기의 다른 이름. 살을 발라내고 버려두어도 뼈 혼자 헤엄
쳐가지요. 눈물이 헤엄쳐 간 곳. 소금기가 흩날리는 항구의
아침. 내 눈물은 잃어버린 맛을 찾아갔지요. 슬픈 포식자처
럼 국물 속의 흐물흐물한 눈동자를 들여다보며 간을 맞추
지 않아도 서로에게 잘 맞았던 시간들을 생각합니다. 나비
의 겹눈처럼 서로의 무늬를 들여다보며. 나는 점점 아침의
단어들을 잃어가고 있어요. 이 항구엔 한 집 건너 대구탕 집
들이 즐비합니다.

해양극장 버스 정류소

이 도시에 바다가 있다고 했지만
바다는 군인의 것, 벚꽃은 연인들의 것

벚꽃 핀 나무 아래 버스 정류소에서
연인들은 꽃의 눈을 감겨주며 헤어졌고

타지에서 온 사람은 극장이 어디 있나 찾게 되지만
한때 바다극장이 있었다는 풍문만 떠돌 뿐,
소문은 무엇이든 닿기만 하면
아름답게 변하고 추억을 소환해오지요
꽃의 정령이 있는 것처럼
소문에도 정령들이 살아요
끝난 이야기를 끝없이 동시 상영하는 극장은
가열하면 할수록 물방울이 맺혀요

여전히 군인들은 바닷물 속에 빠진 군화를 신고
애인을 만나러 나오지요

아, 현수막도 하나 붙어 있군요
잭나이프를 소지하는 것은 불법이니 조심하세요

떠돌고 있는 이야기를 불 곁에 오래 두면
물방울이 맺히고 흰 시간들이 남아요

군인이 살고 있다는 바다가 어디 있는지는 모르지만
오전에 연인들은 서로 알았고 오후에는 몰랐지요

그래도 벚꽃은 연인들의 것,
버스 정류소는 꽃 피고 지는 행성처럼 남아 있어요

* 해양극장 버스 정류소: 진해에 있는 버스 정류소.

꿈속의 비행

심장이 뛰어요. 반사회적입니다. 미라, 미지, 미래를 지난 뒤 오게 될 미(美)는 신의 이름을 닮았을 거예요. 안 그래요? 죽은 후에 만나야 될 아름다움을 살아서 만나게 된다면 그건 공포의 기억이 될 뿐이죠. 나는 장례식에 가지 않았고 그 태도는 문제가 되었어요. 귀신이 산 자를 문상하면 앞뒤가 안 맞잖아요. 당신의 세계에서 보면 나는 투명한 온도에 불과한걸요. 당신을 만지기 위해서는 계속 잠을 자야 합니다.

나의 한계는 자명하군요. 아름다움을 보기 위해 이야기를 짓고 물수건으로 눈물을 닦아요. 슬퍼하는 일 외엔 아무것도 할 수 없는 무능함이여. 내가 나를 간호해야 할 시간입니다. 임산부 미라처럼 새근새근 잠자는 죽음을 품은 것 같아요.

이따위, 이따위 것들 하면서 심장이 뛰어요. 초하룻날 제사에 착한 양(羊)을 제물로 바치는 글을 읽었어요. 그러니까 아름다움은 희생이에요. 책임을 져야 해요. 우리의 시간들 말이에요. 뭔가를 생산해야 한다면 '사랑'을 만들고 싶어요. 세상에 없는 걸 만들어 오로지 사랑만을 사랑하고 싶어요. 당신을 위해 내가 준비한 답례품 같은 거예요. 당신의 세계에서 보면 나는 살아남은 귀신인 셈이죠. 나도 이곳이 꿈이라는 걸 알아요. 모를 리 없지요. 죽음과 생, 안과 밖은 얇은 칸막이 하나 없잖아요. 그런데도 우린 무언가를 뚫고 가는 것 같고 어딘가에서 뛰어내리는 것 같고. 무언가를

앞에 놓고 울거나 푹 꺼져 사라져버릴까봐 불안해하죠. 당
신은 안 그래요? 밖으로 나가는 말보다 숨은 말을 더 많이
가지고 있어요.

　침묵하고 울기만 해서 미안하지만 그땐 어쩔 수 없었어
요. 한마디도 못하고 갑자기 죽은 사람들은 늘 그렇죠. 우
린 어딘가로 날아가야 합니다. 어디에선가 뛰어내려야 합니
다. 이런 꿈을 꾸면 키가 자라지 않는다는 말 따위는 짓뭉개
버리고. 허공에 뒹구는 흰 목련꽃으로 눈물을 닦을밖에요.
모든 건 수건(手巾)집 앞 목련나무에 가득히 꽃 핀 까닭이
라고 해두죠. 뭐.

구름치 버스 정류장

네가 떠나자 빈방이 생겼다고 구름치 버스 정류장에 살고 있는 새가 말했다. 어쩌다가 이곳에 살게 되었는지 궁금했으나 그건 내 슬픔과는 무관한 일. 나는 구름치에서 방 한 칸을 구하고 하룻밤 자고 떠나면 그뿐이다. 어쩌다가 내가 이곳에 내리게 되었는지 새는 궁금할 만도 한데, 그건 정류장 의자에 앉아 있는 새와는 무관한 일. 구름이 구름의 시간을 넘어간다. 구름은 짓다 만 집의 창문이 되고, 시골버스에서 내리는 낯선 손님이 되고, 손님은 그 정류장의 이름이 된다. 나는 내린다. 정류장 의자 밑에서 참새들이 날아오른다. 지저귄다. 네가 떠나자 빈방이 하나 생겼을 뿐이라고.

* 구름치: 전남 장흥군 장흥 구름치 마을.

삼월

꽃잎들은 긴 바닥과 찰나의 허공이라는 계절을 지나는 중이다. 내가 사랑한 것들은 왜 그리 짧게 살다 떠나는지. 변하고 돌아서는지. 무덤 속에서 튀어올라오는 사랑과 입맞춤한다. 나는 북쪽에 살아. 피부는 들판의 풀들처럼 자라면서 늙어가고, 가끔은 잠적하지. 그러곤 튀어오르지. 무덤 위에 피는 꽃처럼 잠시 아름다워지기도 해. 생일(生日)과 기일(忌日)이여. 점점 더 멀어져라. 나의 울음과 너의 울음이 다르다. 저녁과 아침 사이 밤이여. 점점 더 캄캄해져라. 나는 남쪽에도 살고 북쪽에도 산다. 꽃 피고 지고. 밤하늘이 바닥까지 내려와 있다. 바닥에 흐르는 은하수. 바닥의 애벌레 좌. 얼룩진 한쪽 벽 구석의 거미 좌. 이젠 천천히 기어 너에게 간다. 길의 점막에 달라붙은 꽃잎들. 바닥을 물고 빠는 저 불쌍한 입술들. 벚꽃나무가 핀 너의 가슴은 백야의 시간을 지나는 중이다.

유서 깊은 얼굴

검은 길, 신비를 움켜쥐고 있는 가로등 아래서
가난한 천사의 얼굴이 깨지고 있다
우리의 두 뺨이 얼어터진 내부를 보여주고
얇디얇은 슬픔 같은 것이 번져서

고단한 짐승들은 두려운 눈빛으로 서로를 풀어준다
심장에 돋아난 뾰족한 초저녁별로 자신을 찌르면서

별들의 단추를 풀면
하늘에서 죽은 당신들이 쏟아져

나는 밤의 꽃들처럼 자꾸 눈물난다
버리지 못한 자에게는 빻거나 짓이겨서 얻게 될
고통의 염료가 남겠지만

혼자 핀 꽃을 지나
울음을 게워내는 동물을 지나
밤의 신비를 켰다가 끄는 얼굴을 지나

날개를 접은 천사의 얼굴에는 꽃이 피고 진 흔적과
열매가 맺혔던 흔적들이 있다
우리는 가끔 스쳐가기도 하는 얼굴처럼 서로를 바라본다
아주 잠깐 아주 길게 소녀와 노파가

목련꽃처럼 벚꽃처럼 왔다가 가는 계절이 있다

노인들은 꽃나무 속으로 빨려들어가
시간의 행방을 찾는다 어디 있지 도대체 어디 있어?
모든 증거가 자신의 얼굴에 있는 줄을 모르고

신비를 켜는 신비로운 꽃길을 지나가며
얼굴 가득 환히 피는 무지개색 꽃을 꺾어 구겨버린다

사랑은 서로에게 망명하는 일

장석주(시인 · 문학평론가)

눈을 감았을 때 눈꺼풀 아래에 뜨는 얼굴이 있다. 이때 얼굴은 정념의 표상인 타자가 나타나는 한 방식이다. 내가 사랑하는 이의 얼굴은 하찮고 우발적인 것에서 운명의 표상으로 바뀐다. 우리는 시선은 그 얼굴을 탐색한다. 그 얼굴을 감싸고 욕망의 특이함이 바글거린다. 사랑받는 얼굴은 사랑의 유적지이다. 하나 얼굴은 어루만질 수는 있되 소유할 수는 없다. 그 불가능성 속에서 얼굴은 가뭇없이 사라진다. 때때로 사랑은 사라진 얼굴을 찾으려는 헛된 기도(企圖)다. 그 기도는 번번이 실패한다. 얼굴은 부재하고, 부재하는 것은 신기루처럼 떠돈다. 부재의 지점에서 생기는 그리움은 실현 불가능한 정념의 이상화에 지나지 않는다. 사랑은 당신에게 영원이나 행복 따위 불가능한 것을 쥐여주겠다고 약속한다. 하지만 이마저도 역시 실현할 수 없음이 드러난다.

이제 사랑은 달콤한 것에서 가장 쓰디쓴 것으로 곤두박질친다. 사랑은 부재하는 것과 현존하는 것을 그러쥐려는 욕망이고, 그 욕망은 불가사의한 영역에 속한다. 사랑은 '나'를 '당신'에게 아무 조건 없이 봉헌하는 일, 즉 가장 이타적 헌신의 한 방식이다. 또한 그것은 '당신'의 관심과 시간을 독점하려는 이기적인 욕망의 분출이다. 사랑의 불길은 '나'를 집어삼키고, '나'를 행복과 슬픔에 빠뜨린다. 사랑은 지독한 예속이고 그것에서 달아나는 자유이다. 사랑에 빠진 자는 두 개의 감정을 오간다. 이렇듯 사랑의 욕망은 모순 속에서 작동한다. 세상에 떠도는 수많은 사랑의 가곡과 멜로디,

노래가 사랑의 슬픔을 몸통으로 삼는 까닭은 분명하다. 사랑은 유동성을 갖고 움직인다. 사랑은 예측할 수 없음에서 사랑의 희비극이 생긴다. 사랑의 유동성에 대한 감정의 두 반응은 불안과 슬픔이다. '당신'은 항상 어디론가 떠날 수 있다. '당신'이 떠남은 '나'의 사랑이 좌절하고 '나'는 버려진다는 뜻이다. 그런 까닭에 사랑에 빠진 '나'는 항시 불안하다. 그 불안은 유기(遺棄)의 공포가 자아내는 불안이다.

박서영 시의 화자(話者)는, 놀라워라, '당신'의 사랑을 구하려고 "물가에 구석기 시대부터 앉아 있었다"라고 고백한다. 그런데, "당신은 나를 알아보지 못했다". 그래서 '나'는 "꽃으로 피었다가/ 작은 돌멩이로 오므렸다"(「잉여들」). '당신'이 '나'를 사랑으로 호명하지 않는다면 '나'는 아무것도 아니다. '당신'의 사랑을 얻는 데 실패한 '나'의 할 일은 사랑의 이야기를 채록하는 것이다. "남은 이야기를 쓰는 것은 남겨진 자의 몫"이기 때문이다. 박서영의 시는 얼어붙은 눈물, 숨겨진 방, 몸에서 도는 그림자, 이미 깨져서 차가워진 심장, 실패하는 사랑, 서로에게 번져서 생긴 상처의 시다. 박서영의 시세계로 들어서는 입구는 여럿이다.

그 입구는 아름답게 흩뿌려진 이미지들 사이에 숨어 있다. 당신, 슬픔, 깨진 연애 들이 내가 찾은 입구다. 이 입구로 들어서는 순간 시인이 펼치는 상상의 숲이 나타난다. 사랑이 작동하는 방식을 보여주는 숲, 사랑이 남긴 마음의 슬프고 찬연한 무늬와 이야기를 드러내는 숲이다. "빗줄기 속에서 빛나는 냄비들의 사중주"(「태양극장 버스 정류소」)가 있고, "꽃과 새처럼 아름답게 울고 헤어졌"던 추억과 "지워지지 않는 무늬를 영원히 매달고 울어야 하는 마음"(「키스를 매달고 달리는 버스」)이 있고, "슬픔을 식량처럼 핥아먹"(「거미줄에 걸려 있는 마음」)은 기억이 있는 이 숲에는 사랑이 왔다가 간 흔적이 남아 있다. 숱한 사랑은 늘 하나다. 늘 시작과 끝이 있는 한에서 사랑의 경험은 여럿이어도 사랑은 하나로 수렴한다!

사랑은 서로에게 망명하는 일이고, 그 망명의 환대 속에서 영혼이 합일하는 일이다. 박서영 시의 화자는 이렇게 말한다. "우리는 아무도 서로에게 망명한 적 없어", 연애는 없었다고 고개를 저으며 부정한다. 그렇다면? "서로를 조금 할퀴다 헤어졌을 뿐"(「삶」)이라고 말하지만 이것은 사실이 아니다. "당신은 지구에서 내게 유일한 사람처럼/ 아름다웠"고, "나는 당신과 함께 지구의 끝에 가"(「혀의 지도」) 있다. '나'는 '당신'을 사랑했다. 다만 이 말은 과거시제 완료형으로만 말해진다. 사랑이 덧없이 끝났기 때문이다. '나'는 세상을 향해 열린 눈과 귀를 닫는다. 사람들은 깨진 사랑이 가져온 고통은 "시간이 잊게 해줄 거라고," 위로를 건넨다. 그래서 시간이 지난 뒤 "관처럼 무거워 굳게 닫고 살았던/ 나의 두 귀를 열어/ 봉인해두었던 시간을 풀었다"(「어항」). 자, 이제 박서영 시의 입구를 찾아서 들어가보자.

첫째, '당신'이라는 입구. '당신'은 '나'를 알아보지 못하

거나 한사코 달아난다. 이때 '당신'은 '나'의 욕망함이 불러
낸 타자다. '당신'이 달아나는 것은 '나'의 욕망함에서 벗어
난다는 뜻이다. '나'는 '당신'을 붙잡아둘 수가 없다. 왜인
가? 그것은 '당신'이 또다른 욕망의 주체인 까닭이다. "당
신은 다른 별을 찾아 위치를 바꾸었지. 힘의 무게가 이동하
는 걸 느꼈어. 나는 계산할 수 없었다. 당신은 위치를 바꾸
고 나는 궤도를 이탈해버렸으니까."(「기러기」) 존재의 이
동은 힘(혹은 가치)의 무게가 이동하는 것이다. 그에 따라
생기는 이별은 '나'를 중심으로 도는 궤도에서의 이탈이다.

　둘째, '슬픔'이라는 입구. 박서영 시의 화자는 자주 운다. 슬
픔의 포식자가 되어 쉬지 않고 운다. 너무 울어서 모든 것이
눈물에 젖어 있다. 차라리 "울음은 사람을 만드는 성분이다"
(「해운대 밤 풍경」). "침묵하고 울기만 해서 미안하지만 그
땐 어쩔 수 없었어요. 한마디도 못하고 갑자기 죽은 사람들은
늘 그렇죠. 우린 어딘가로 날아가야 합니다. 어디에선가 뛰
어내려야 합니다."(「꿈속의 비행」) 그렇다면 왜 우는가? "울
고 있는 모든 것들은 심장에 쩍 금이 가서 그런 거라고"(「창
문 닦는 사람」) 말한다. 눈물은 "기다림의 헛된 방식"(「섬」)
때문이라는 시구를 보면 심장이 왜 깨졌는가를 짐작할 수 있
다. 사랑은 깨졌고, '당신'은 떠났다. 사랑에서 내쳐지는 일은
관계의 단절이자 죽음이다. '당신'은 떠나고 '나'는 혼자 남는
다. '당신'이 떠나려는 조짐은 늘 있었다. "당신은 벌써 셔츠
속으로 한쪽 팔을 집어넣고 있군요."(「방, 물속에 가라앉은」)

'당신'의 떠남과 부재는 '나'를 자주 슬픔에 가둔다. "어딘가에서 잡혀온 슬픔들도 번식을 꿈꾸느라/ 초조한 표정으로 플라스틱 의자에 앉아 있다" "나는 울음이 텅 빈 뼛속을 흘러가는 감정에 대해 안다"(「울음이 텅 빈 뼛속을 흘러갈 때」), '나'는 사랑의 실패에 익숙하다. 따라서 '나'는 누구보다도 사랑을 잃은 자의 슬픈 감정에 대해 잘 안다고 자부한다.

　셋째, '깨진 연애'라는 입구. "서로에게 익숙해지기 시작할 때 우리는 등을 돌렸다. 이제 내 몸에서 돋아나는 그림자를 이해하기 위해 계절의 밤을 다 소비해야 한다." '깨진연애'로 방은 "슬픈 단어들이 흩어진 방"(「홀수의 방」)으로 변한다. 그 방에서 "아주 잠깐이지만 떠난 사람들을 생각했고"(「숨겨진 방」), 내가 갈망한 것은 "최대한 추억과 멀어지는 일이었다."(「버스 정류소에 앉아 있는 셋」) "내가 사랑한 것들은 왜 그리 짧게 살다 떠나는지. 변하고 돌아서는지. 무덤 속에서 튀어올라오는 사랑과 입맞춤한다."(「삼월」) 이별은 사랑의 예견된 결말이다. 이별을 예견했다고 고통이 주는것은 아니다. 이별은 관계의 죽음이자 절벽이다. 그런 까닭에 "내가 사는 곳에서는 다음 시대가 오지 않"(「잉여들」)는다. 시의 화자들은 '깨진 연애'의 고통과 슬픔을 끌어안는다.

　사랑은 그 대상이 가장 멀리 있을 때조차 가장 가까이 있는 것이고, 그 반대로 가장 가까이 있을 때조차 가장 멀리있는 것이다. "나는 꿈을 꾸면서 어딘가 먼 곳을 다녀왔다. 나는 너와 함께 최대한 멀리 가보았다. 가장 가까운 사람과 가장 먼 곳으로 가보아야 심장이 산산조각나는 소리를 들을 수 있다."(「숲속의 집」) 타인을 전유(專有)하는 행위로서 사랑은 그 대상이 도망갈 수 있는 퇴로를 차단한다. 당신을 사랑해요. 그러니까 당신은 언제나 내 곁에 있어줘요. 이것이 퇴로를 차단하는 전략이다. 당신은 당신을 사랑하는 이에게서 도망갈 수 없다. "사랑은 당신을 '부재자의 인질'로 만든다."[1] 사랑하는 자들은 서로에게서 도망갈 수 없는, 애초에 도망갈 의도를 잃어버린 인질이다. 인질이 된다는 것은 자신을 하염없는 수동성의 위치에 놓는 일이다. 연인들은 수동성의 감미로움에 사로잡힌다. 그것은 사랑하는 이가 언제 사라질지 모른다는 불안감을 눅이기 위함이다. 하지만 사랑이 깊어질수록 감정적 동요와 함께 불안감은 고조된다. 사랑에 빠진 자는 상대에게 자신을 조공으로 바친다.

이 창고에 매화꽃 핀 이유가 있어요
매일매일 온도가 높은 불을 켜놓았었는데
불은 한 번도 꺼진 적 없고
눈물은 달고 짠 핏물의 운명 곁으로 흘러갔으니
오래된 꽃무늬 은장도의 날을 빛나게 하는 건
얼어붙은 눈물이 분명하지요
나는 아직 발굴되지 않은 유적지를 알고 있어요

---

1) 알렝 핑켈크로트, 『사랑의 지혜』, 권유현 옮김, 동문선, 70쪽.

창고 안에 소금꽃일까, 매화꽃일까
차갑게 끓어오르는 것에는 꽃이 펴요
봄은 칼집을 열 듯 오고 심장에 맺힌 걸 보여줘요
당신이 날씨의 영향으로 나를 껴안고
강렬한 슬픔을 입김으로 불어넣어준 날에
빛나는 은장도를 갖게 되었지요
결국 내가 나를 찌르고
피 묻은 은장도를 숨겨야 했던 곳
흰 시간 속에는 아무도 모르게 배달된
휘파람새 한 마리도 파묻혀 있어요
나는 그곳에서 매일 훌쩍훌쩍 울면서
울음의 성지(聖地)를 지키고 있어요
소금무덤 말이에요 매화꽃 말이에요 휘파람새도
자신의 노래비를 증오하고 있어요
하지만 이해해요, 다 옛날 일이잖아요
　　　　　　　　　　　　　　—「소금 창고」 전문

「소금 창고」는 사랑의 수동성에 빠진 '나'의 행복과 고통
을 함께 보여준다. '나'는 소금꽃이 피고 매화꽃이 피는 '소
금 창고'에 갇히는데, 이 감금은 자발적인 것이다. 이곳은
사랑이 피어나고 덧없이 죽는 "아직 발굴되지 않은 유적지"
다. '나'는 당신으로 말미암아 피어나는 소금꽃이고 매화꽃
이다. "당신이 날씨의 영향으로 나를 껴안고/ 강렬한 슬픔

을 입김으로 불어넣어준 날에/ 빛나는 은장도를 갖게 되었
지요"라는 시구가 그 사정을 암시한다. 한데 '나'의 사랑은
시작된 곳에서 숨을 다하고 끝난다. 그런 맥락에서 '소금 창
고'는 '소금 무덤'이다. 사랑의 주체는 누군가의 '부재자의
인질'로 잡혀 있다. 이것이 "결국 내가 나를 찌르고" "나는
그곳에서 매일 홀짝홀짝 울면서/ 울음의 성지(聖地)를 지키
고" 있는 사정이다.

　　버스 정류소에 앉아 목련꽃 떨어지는 거 본다
　　정확한 노선을 따라가는 세월 보려고

　　정류소를 향해 가는 당신의 뒤를 미행한 적 있다
　　당신은 다리 위에 멈춰 갑자기 뒤를 돌아보며
　　자신의 검은 입안을 보여주었다
　　무슨 말이든 해보라고 가던 걸음 딱 멈추고
　　뜨거운 입천장을 보여주는 슬픔

　　어쩌다 목련꽃 피는 밤에 우린 마주쳤을까
　　피려고 여기까지 온 목련은 지고
　　버스는 덜렁덜렁 떨어진 목련 꽃송이 태우고 간다
　　나는 하나 둘 셋 세월을 세다가 그만둔다
　　넷 다섯 여섯 방향을 세다가 그만둔다

가장자리가 누렇게 변색된 목련 꽃송이들이
툴툴거리며 버스를 타고 어딘가 가고 있다
일곱 여덟 나는 떠나는 이들의 뒤통수를 세다가 그만
둔다
자꾸 흔들리고 자꾸 일렁거리는 것들은
자신들이 지독히 슬픈 세계라는 걸 알고 있을까

내 손은 뿌리치며 가는 당신을 따라간 적 있다
당신은 도망가다가 갑자기 길 위의 늙은 구두 수선공
앞에서
밑창 떨어진 구두를 벗어 수선을 맡겼다
가던 걸음 딱 멈추고 뜨거운 맨살을 보여주던 구두
나는 당신 곁에 서서 행방이 묘연해진 기억들을 떠올
렸다
사라지고 싶은 표정으로 아직 사라지지 않은
사랑이 수선되고 있다

여기저기 꿰매고 기워져서 행복도 불행도 아닌
이상한 이야기들이 헝겊인형처럼 되살아나고 있다
입김으로 체온을 불어넣고 얼룩과 무늬를 그려넣고
음과 양의 감정까지

통증을 알아버린 인형이 목련나무 아래 버려져 있다

당신을 생각하면 힘들고 슬퍼요. 나무 뒤에 숨은
복화술사의 목소리가 휘파람 같다

정확한 버스 노선을 따라가는 당신 뒤에서
이해할 수 없는 꽃송이들, 눈송이들, 흰 주먹들이 떨어
진다
어떻게 녹아내려야 하고 멈춰야 하고
사라져야 하는가

어떻게 이별하고 잊어야 하고 퇴장해야 하는지
계속 물었는데 아무도 대답이 없다

—「미행」 전문

「미행」은 '나'를 버릴지도 모를 '당신'의 행적을 추적한 경험을 적는다. '나'는 오랫동안 '당신'에게서 버림받을까봐 불안에 떨었다. '나'의 감정은 "여기저기 꿰매고 기워져서" 너덜너덜해졌다. "당신을 생각하면 힘들고 슬퍼요"라는 직접적인 언술이 등장한다. "정류소를 향해 가는 당신의 뒤를 미행한 적 있다". 왜 버스 정류소일까? 버스 정류소는 의지의 반경을 확장하는 장소다. 우리는 버스 정류소에서 저 멀리 어디론가 떠날 수가 있다. 이 시집엔「태양극장 버스 정류소」「해양극장 버스 정류소」「구름치 버스 정류장」「버스 정류소에 앉아 있는 셋」 등등 여러 편의 버스 정류소를 소재

로 삼은 시편이 있다. 버스 정류소는 출발지와 도착지 '사이'
의 장소다. 이곳에서 저곳으로 이동하려고 잠시 머무는 임시
거처, 다시 말해 '공간적인 중재'의 자리다. 철학자 자크 데
리다는 이 '사이'를 "정의되지 않은 방향 전환의 거처"라고
정의한다. 버스 정류소의 "의자에 앉은 채 같은 방향을 바
라보고 서 있는 사람의 옆얼굴"(「태양극장 버스 정류소」)은
모두 '공간적인 중재'의 자리에 있다. "버스 정류소는 불타
는 구(球)처럼 남아 당신을 기다린다"(「태양극장 버스 정류
소」)라는 아름다운 시구가 빚어진다. "불타는 구(球)"는 무
엇인가? 먼저 연상되는 것은 태양이다. '나'는 "불타는 구"
가 되어 슬픔으로 타오른다. '당신'을 기다리는 것은 '나'일
테지만 시인은 '나' 대신에 '버스 정류소'가 기다린다고 쓴
다. '나'는 "어떻게 이별하고 잊어야 하고 퇴장해야 하는지"
계속 묻는다. 하지만 "아무도 대답이 없다". 없는 길을 가려
던 자는 자주 좌초한다. 애초에 사랑의 길은 없다. 걸어가면
비로소 길이 생긴다.

　　당신이 밤새 운전하는 동안 나는 노래를 불렀지. 노래
가 끝나자 우리는 박수를 치고 각자 돌아갈 행성을 생각했
다. 괜찮아요. 북쪽 가까이 다녀온 밤이잖아요. 밤이 깊어
질수록 당신에게서 기러기 냄새가 났지. 우린 지구의 표
면으로부터 너무 멀리 떨어진 곳에 가 있었어. 17,000마
일의 속도로 달에 충돌한 운석처럼 번쩍 빛이 났지. 호기

심으로 다가온 지구의 친구들도 볼 수 있을 만큼 거대한
사건이었어. 당신은 다른 별을 찾아 위치를 바꾸었지. 힘
의 무게가 이동하는 걸 느꼈어. 나는 계산할 수 없었다. 당
신은 위치를 바꾸고 나는 궤도를 이탈해버렸으니까.

　　나는 노래를 불렀지. 밤의 들판, 밤의 들판에서 승냥이
들에게 물어뜯기는 달을 바라보며, 점점 작아지는 달. 점
점 커지는 달. 나는 아무것도 선언할 수 없었다. 달의 파
편들이 내 몸에 쏟아져 내려꽂혔지. 더이상 노래를 할 수
없는 밤이 왔지. 이젠 괜찮지 않아요. 북쪽 가까이 다녀온
밤이 있으니까요.

―「기러기」 전문

박서영 시의 입구로 들어가서 그가 안내하는 대로 그 상
징의 숲을 돌아 나온다. 그 숲을 벗어나자마자 마주친 것은
"밤의 들판"이다. 연인은 막 긴 여행을 마쳤다. 노래도 끝날
때가 되었다. 북쪽 가까이 다녀온 밤이다. 북쪽은 죽음의 방
위다. '나'와 '당신'이 마지막으로 도착한 "밤의 들판"은 '아
토포스'[2]다. 사랑의 마지막 기착지는 없는 장소, 없는 시간
이다. 나를 매혹한 사랑하는 대상 자체가 '아토포스'인 까닭
이다. "왜냐하면 그는 내 욕망의 특이점에 기적적으로 부응
하여온 유일한, 독특한 이미지이기 때문이다."[3] 두 연인은
죽음 가까이까지 갔다가 돌아와서 "각자 돌아갈 행성을 생
각"한다. '당신'은 "다른 별을 찾아 위치를 바꾸"고, '나'는

"궤도를 이탈해버렸"다. '나'는 "밤의 들판에서 승냥이들에게 물어뜯기는 달을 바라"본다. 달은 점점 커지기도 하고, 점점 작아지기도 한다. 달은 무엇인가? "산산조각나버린 심장. 달은 그 파편 중의 일부다."(「달의 왈츠」) 달은 산산조각나버린 심장의 파편이고, '나'는 하늘에서 쏟아지는 그 파편의 비를 맞고 서 있다. 실은 "밤의 들판"은 어디에도 없다. '당신'도 없다. '나'는 "형체도 맛도 소리도 없는 당신을 찾아 헤맨다"(「황금빛 울음」). 삶이 환(幻)이므로 '당신'도 환이고, 사랑이 우리를 마지막으로 이끌어간 장소도 환이다.

박서영이 노래하는 연애는 깨졌고, 사랑은 끝났다. "당신 떠나고 없어, 사랑도 분노도 없어"(「황금빛 울음」). 깨진 사랑으로 상심한 자는 세계로부터 오는 환청을 엿듣는다. "모든 인기척은 외로움 때문에 들리는 환청"(「불과 얼음을 만들었다」)이다. 그다음은? "울음의 진동수와 파동을 기억하는 사랑의 배후"(「황금빛 울음」)에서 올리는 기도와 간청이 따른다. "그러니 지구여, 이제 달을 삼켜주세요/ 허물어

---

2) "사랑하는 사람은 사랑의 대상을 '아토포스(atopos)'로 인지한다."(롤랑 바르트, 『사랑의 단상』, 김희영 옮김, 동문선, 60쪽.) '아토포스'는 장소를 뜻하는 그리스어 '토포스(topos)'에서 유래한다. 거기에 부재와 결여를 뜻하는 접두사 a를 붙인 '아토포스'가 나왔다. 사랑은 한 장소에 고정될 수 없음을 본질로 한다.
3) 롤랑 바르트, 위의 책, 같은 쪽.

져버린 잔해 속에서 당신을 수습할 수 있도록"(「월력」). 깨진 사랑과 이별로 마음에 균열이 생긴다. 그 균열로 눈물이 흐르고 넘쳐난다. 시인은 "눈물을 셀 수 있을 만큼만 사랑하렴"(「입김」)이라고 속삭인다. 이 숲은 사라졌다. 남은 것은 추억뿐이고, 사랑의 시간은 멈춘다. 시인은 "추억을 지키는 그따위 일에 누가 목숨을 걸 것인가"(「종이배를 접지 못하여」)라고 반문한 뒤, 다시 이렇게 묻는다. "사라진 것들은 나의 세계입니까/ 당신의 세계입니까"(「누구의 세계입니까?」). 박서영의 이 아름답고 슬픈 시집을 읽는 내내 마음이 아팠다. 깨진 사랑의 노래이기 때문이 아니라 없는 '당신'을 끌어안은 그 사랑의 끝 간 데 없는 지극함 때문이다. 사랑은 저마다의 환상이다. 사랑이 삼킨 것은 대상이 아니라 사랑함 그 자체다. 그러므로 "누가 사랑에 얹힌 맨발을/ 씻어주며 노래를 할 것인가"(「울음이 텅 빈 뼛속을 흘러갈 때」)라는 구절에서 슬픔은 극에 달하고 문득 마음의 금(琴)이 떨며 울었다.

박서영 1995년『현대시학』을 통해 등단했다. 시집으로
『붉은 태양이 거미를 문다』『좋은 구름』이 있다. 고양행
주문학상을 받았다. 2018년 2월 3일 지병으로 세상을 떠
났다.

문학동네시인선 118
연인들은 부지런히 서로를 잊으리라
ⓒ 박서영 2019

1판 1쇄 2019년 2월 3일
1판 11쇄 2024년 6월 20일

지은이 | 박서영
책임편집 | 유성원
편집 | 김필균 김민정
디자인 | 수류산방(樹流山房) 본문 디자인 | 유현아
저작권 | 박지영 형소진 최은진 서연주 오서영
마케팅 | 정민호 서지화 한민아 이민경 안남영 왕지경 정경주 김수인 김혜원
         김하연 김예진
브랜딩 | 함유지 함근아 고보미 박민재 김희숙 박다솔 조다현 정승민 배진성
제작 | 강신은 김동욱 이순호
제작처 | 영신사

펴낸곳 | (주)문학동네
펴낸이 | 김소영
출판등록 | 1993년 10월 22일 제2003-000045호
주소 | 10881 경기도 파주시 회동길 210
전자우편 | editor@munhak.com
대표전화 | 031) 955-8888 팩스 | 031) 955-8855
문의전화 | 031) 955-2696(마케팅), 031) 955-2678(편집)
문학동네카페 | http://cafe.naver.com/mhdn
인스타그램 | @munhakdongne 트위터 | @munhakdongne
북클럽문학동네 | http://bookclubmunhak.com

ISBN 978-89-546-5484-5 03810

www.munhak.com

문학동네